CLÁSICOS DE
CIENCIA-FICCIÓN Y FANTASÍA

Un SUSURRO en la OSCURIDAD

del Autor de Mujercitas **LOUISA MAY ALCOTT**

PRÓLOGO DE RICARDO MUÑOZ FAJARDO
LAS VARIAS TRAMAS DE LOUISA MAY ALCOTT

Ciencia Ficción y Fantasía – 177

Un susurro en la oscuridad
Primera Edición, marzo de 2026

© Libros Mablaz, Madrid

© De esta edición, Libros Mablaz, Madrid

blogs:
Editorial Libros Mablaz
http://editoriallibrosmablazycienciaficcion.blogspot.com.es/
Ciencia ficción y fantasía en Libros Mablaz:
http://mablazlibros.blogspot.com.es/
Librería en Todocolección:
https://www.todocoleccion.net/s/catalogo?identificadorvende
dor=LibrosMablaz

Diseño de cubiertas: Mari Carmen López

ISBN: 979-13-991844-1-9
Depósito Legal: M-7476-2026

LIBROS MABLAZ - 456

UN SUSURRO EN LA OSCURIDAD

LOUISA MAY ALCOTT

PRÓLOGO:

Las varias caras de Louisa May Alcott

Louisa May Alcott, autora estadounidense, fue una novelista a la que el éxito de una de sus novelas, *Mujercitas*, ha trascendido más que su propio nombre, porque es más que probable que fuera citado la mayoría de las personas manifestarían que no la conocen.

Además de este inconveniente, quien supiera que es la escritora de Mujercitas, rápidamente la encasillarían en un género concreto, realista costumbrista norteamericano y en, cierta medida, romántico.

Y así es en parte. El inmediato y sorpresivo éxito de la primera parte de esta novela, hizo que inmediatamente redactara su continuación, agrupadas ahora en un solo volumen, y que incluso creara un ciclo sobre el tema, una tetralogía que tituló *Mujercitas o Meg, Jo, Beth y Amy* (1868), como ya se ha indicado, *Aquellas mujercitas* (1869), *Hombrecitos* (1871) y *Aquellos hombrecitos*, también conocida como *Los muchachos de Jo* (1886).

La segunda faceta de esta autora es como cronista de guerra, puesto que fue enfermera en la Guerra de Secesión. A esta perspectiva corresponde Apuntes del hospital (1863), una obra fue la primera que fue elogiada por la crítica, en la relaciona el humor negro con la cruda realidad con los suplicios que produce una guerra.

Otro aspecto más de su escritura se refiere a su labor como activista abolicionista, el sufragismo femenino y contra las políticas de clase que se ejercía en su momento... ¿tan solo en su momento? En fin. Fue la primera mujer registrada para votar en Concord, Massachusetts, la localidad donde vivía. De esta época son *Mi contrabando* (1863), *M.L.* (1863, publicado aunque escrito antes), *Una hora* (1864), *Trabajo: un relato de vivencias* (1873), *Ocho primos* (1875), etcétera.

Una cuarta faceta de Alcott fue la de poetisa, una quinta como autora de literatura infantil y juvenil y, la sexta, para la que utilizó el seudónimo de A.M. Barnard están sus escrituras de *thrillers* y de fantasía gótica en la daba rienda suelta a tramas psicológicas profundas, sangrientas e incluso sensacionalistas.

Los títulos principales de esta vertiente literaria de la escritora, serían *Tras la máscara o el poder de una mujer* (1866), *Un largo y fatal acecho amoroso* (1866, no se publicó hasta 1995), *La pasión y el castigo de Pauline* (1862-1863), *V.V. o intrigas y contraintegrigas* (1865), *El fantasma del abad o la tentación de Maurice Treherne* (1867), *La llave misteriosa y lo que abrió* (1867, *Un Mefistófeles moderno* (1877) y, por último, aunque es anterior en el tiempo, 1863, a las últimas obras relacionadas, *Un susurro en la oscuridad*, que es la novela objeto de esta reedición.

Un susurro en la oscuridad alberga una trama de terror psicológico sobre una joven atrapada en una conspiración para heredar su fortuna. Es considerada de vital importancia porque se la ha tomado como un puente entre la narrativa górica y la protociencia ficción. De este modo, se estima que es una de las obras capitales del alto gótico, debido a su ambiente de aislamiento y vulneración de la mujer, no solo por ser la heredera de una fortuna, también por su género.

La historia que Alcott nos quiere contar a través de este libro es el de una mujer, la protagonista, que es encerrada en un cuarto bajo un implacable control mental y médico. Durante ese confinamiento, la locura va avanzando en la raptada y, por ejemplo, oye como en un susurro la voz de su madre, con la que conversa sobre la historia familiar —de ahí el título de la novela—. De ciencia ficción primitiva tiene el hecho del uso de la manipulación de un cuerpo y una mente mediante el uso de drogas.

UN SUSURRO EN LA OSCURIDAD

Mientras la berlina rodaba a lo largo del camino, aproveché para observar furtivamente a mi compañero de viaje, y descubrí en él muchos aspectos de interés para una jovencita de diecisiete años. Mi tío era un hombre atractivo, con todo el refinamiento que da la vida en el extranjero fresco aún en él; y sin embargo, no fue ni su apostura ni su elegante serenidad lo que más me atrajo, pues incluso mi ojo inexperto vislumbró algo severo y sombrío tras de esos encantos, y mi largo escrutinio me mostró los ojos más agudos, la boca más dura y la sonrisa más sutil que haya visto: un rostro que en reposo mostraba la apariencia de quienes han llevado una vida disoluta, y comprendido el vacío de su existencia. Parecía absorbido por alguna reflexión que lo tiranizaba, y durante un tiempo esta lo hizo olvidar mi presencia, permaneciendo inmóvil con los brazos cruzados, la mirada fija y los labios inquietos. Mientras lo estudiaba atentamente, en mi mente bullían los pensamientos más profundos que jamás había tenido; pues en ese momento, rememoraba palabra por palabra un párrafo de aquella carta leída a medias:

«A sus dieciocho años, Sybil está lista para casarse con su primo, según el pacto alcanzado entre mi hermano y yo, cuando ambos estaban en su infancia. Mi hijo se encuentra conmigo ahora, y me gustaría que ellos estuvieran juntos durante los próximos meses; por consiguiente, mi sobrina deberá dejarla antes de lo que en un principio yo pretendía. Hágame el favor de prepararla para una separación inmediata y definitiva, pero deje para mí todas las revelaciones, pues prefiero que la niña permanezca, por el momento, ignorante de la cuestión".

Aquello me disgustó. ¿Por qué debía permanecer yo en la ignorancia en un asunto tan importante? Entonces sonreí para mis adentros, recordando que yo lo conocía, gracias a la intencionada curiosidad que me impulsó a echar una ojeada furtiva a la carta que *madame* Bernard había estudiado minuciosamente con un rostro tan ansioso. Sólo vi un párrafo, pero mi propio nombre allí escrito llamó mi atención; y, aun ansiando leerla de cabo a rabo, tenía apenas tiempo para devolver el papel al ridículo1 que la vieja alma olvidadiza había dejado colgado del brazo de su butaca. Fue suficiente, sin embargo, para poner mi cerebro juvenil en un estado de agitación, y para que permaneciese observando melancólicamente a mi tío, consciente de que mi futuro estaba entonces en sus manos; pues yo era huérfana y él mi tutor, aunque lo había visto muy pocas veces desde que fuera confiada a *madame*, siendo una niña de apenas seis años. En ese momento mi tío se percató de mi mirada, fija sobre él, y, durante unos instantes, me devolvió otra igualmente firme; al cabo, en voz baja y suave, que concordaba mal con la sonrisa satírica que torció sus labios, dijo:

—Me temo que resulto un aburrido compañero para mi joven sobrina. ¿Qué entretenimiento podría proporcionarte yo, más agradable que dejar que cuentes mis arrugas o trates de adivinar mis pensamientos?

Yo era una criatura franca y valiente, rápida a la hora de sentir, hablar y actuar, así que le respondí al punto:

—Hábleme de mi primo Guy. ¿Es tan guapo, valiente e inteligente como *madame* asegura que era su padre de muchacho?

Mi tío dejó escapar una seca carcajada no exenta de desprecio, aunque si era por *madame*, por él mismo o por mí, no pude determinarlo, pues su rostro era difícil de leer.

—Una pregunta típicamente infantil, aunque hábilmente planteada; sin embargo no voy a contestarla, dejaré por el contrario que juzgues tú misma.

—Pero, señor, eso me divertirá y me distraerá durante el camino. Me siento un poco extraña y triste por dejar a *madame*, y hablar de mi nuevo hogar y mis nuevos amigos me ayudarán a conocerlos, y podré empezar a quererlos enseguida. Por favor, hábleme de ellos, pues he seguido mi propio camino durante toda mi vida, y no puedo soportar que me lleven la contraria.

Mi petulancia parecía divertirlo, y me di cuenta de que me estaba sometiendo a un escrutinio tan agudo como lo había sido el mío; mas yo lo soporté con una sonrisa, pues mi vanidad se vio satisfecha por la aprobación que el brillo de sus ojos atestiguaba. El evidente interés que mostró a partir de entonces, por cuanto yo decía y hacía, era adulación suficiente para una jovencita, consciente de sus encantos, que deseaba poner a prueba su poder.

—También yo he seguido mi propio camino durante toda mi vida; y como mi vida es el doble de larga que la tuya, mi voluntad puede también el doble, y de nuevo te digo que no. ¿Qué tienes que decir ahora, *madeimoselle?*

Se mostraba más suave y conciliador que antes al hablar, pero yo me sentía ofendida, y decidí tratar de persuadirlo, ansiosa por ganar mi punto, no fuera que una sumisión prematura echara a perder mi libertad en el futuro.

—Pero eso es muy poco galante por su parte, tío, y aún tengo la esperanza de obtener una respuesta amable, porque es usted demasiado generoso para negarle un favor tan pequeño a su sobrina, y porque ella puede ser encantadoramente persuasiva cuando se lo propone. ¿No va a responder que sí ahora, tío? —y, satisfecha con la audacia de mi ocurrencia, pasé mi brazo alrededor de su cuello, lo besé con delicadeza y me senté sobre sus rodillas con absoluta naturalidad.

Mi tío me miró en silencio por un instante, y al cabo, sosteniéndome con deliberada firmeza, me devolvió el ósculo en los labios, en las mejillas y en la frente; con tanta calidez lo hizo, que sentí arrebolarse mis mejillas, y luché por zafarme de sus brazos, mientras él lo celebraba con esa risa suya sin alegría, hasta que mi vergüenza devino en ira, e imperiosamente le ordené que me soltara.

—Aún no, señorita. Viniste aquí por propio gusto, pero te quedarás para satisfacer el mío hasta que te dome como es debido, porque es evidente que estás necesitada de ello. Es un proceso corto conmigo, y poseo amplia experiencia en estas lides; pues Guy, aunque por naturaleza es tan salvaje como un halcón, ha aprendido a venir a mi llamada tan mansamente como una paloma. ¡Chist! ¡Qué pequeña rabieta es ésa!

Yo estaba furiosa entonces; y exasperada por su frialdad y fuera de mí, me había inclinado de repente para morder la mano blanca y robusta que retenía las mías. Mejor habría hecho sometiéndome; pues inocente como fue mi estúpida acción, tuvo enorme influencia en mi existencia posterior —mayor de hecho que ninguna otra en toda mi vida—. Mi tío dejó de reír, y su mano oprimió su presa; por un momento sus fríos ojos relampaguearon, y un rictus sombrío se dibujó alrededor de la boca, dando a todo su rostro una expresión despiadada que lo alteró por completo. Me sentía totalmente impotente; todas mis artes y pequeñas mañas habían fracasado, y por primera vez me vi dominada. Mas sólo físicamente, pues mi espíritu era rebelde aún. Él lo leyó en la mirada que se trabó con la suya, mientras yo me sentaba muy erguida y pálida, con algo más que un simple berrinche infantil. Creo que eso lo satisfizo, pues tan rápidamente como se había formado, el semblante sombrío desapareció; y en voz baja, como si fuéramos viejos amigos, comenzó a relatar ciertas aventuras emocionantes que había vivido en el extranjero, prestando a la pintoresca narración el encanto de una voz peculiarmente melodiosa que muy a mi pesar me tranquilizó y me ganó, manteniéndome atenta hasta que olvidé lo acontecido; y cuando dejó de hablar, me di cuenta de que me apoyaba confiadamente en su hombro, pidiéndole más, consciente no obstante de la suspicacia instintiva de aquel hombre a quien tan pronto había aprendido a temer, aunque figuradamente aún.

Cuando recuperé la compostura, me esforcé por separarme de mi tío; pero él me retuvo de nuevo, y, con una curiosa expresión, me enseñó una caja de tan extravagante factura, que no pude por menos de gritar de admiración; de su interior extrajo dos cigarrillos: una curiosa labor de tabaco con un ligero y exótico aroma oriental; los encendió de seguido, me ofreció uno y, tras bajar la ventanilla, se recostó en el asiento y me estudió con una expresión de extrema diversión, mientras yo me acomodaba resoplando dócilmente, y preguntándome en qué clase de broma desempeñaría un papel protagonista a continuación. Poco a poco, el poder narcótico de la hierba consumida se difundió como una agradable bruma sobre todos mis sentidos; el sueño, agradecido, lastró pesadamente mis párpados, y la última imagen que recuerdo fue la del difuso rostro de mi tío contemplándome a través de una nube de fragante humo. El crepúsculo nos envolvía en sus sombras cuando desperté al fin, con el viento nocturno soplando en mi frente, el rumor amortiguado de las ruedas al girar resonando en mis oídos, y mi mejilla pegada al brazo de mi tío, recostada como estaba sobre él. Canturreaba una cancioncilla francesa sobre «¡el amor y el vino, y el Sena mañana!»; escuché atentamente hasta cogerle el aire a la tonada, y entonces me uní a él, mezclando mi atiplado tono juvenil con el suyo, aflautado de tenor. Se detuvo de pronto, y, en el tono fríamente cortés que siempre había empleado en nuestras —pocas— entrevistas previas, me preguntó si estaba lista para las luces y el hogar.

—¿Ya hemos llegado? —grité; y mirando hacia fuera, vi que ascendíamos por una avenida arbolada que se extendía hasta un conjunto de edificios, destacando altos y oscuros contra el cielo, y el sol destellando aquí y allá a largo de sus fachadas grises.

—¡Por fin en casa, gracias a Dios! —y tras saltar a tierra con la agilidad de un hombre joven, mi tío me condujo a través de una terraza hasta una larga galería, cálida y luminosa, perfumada con el aliento de las flores abiertas a cada lado, dispuestas en elegantes conjuntos.

Una obsequiosa doncella de mediana edad

me recibió y me llevó a mi habitación; un lugar muy coqueto, que hizo que mi asombro aumentara, pues me dijeron que mi tío en persona había escogido toda la decoración y supervisado su arreglo.

«Se nota que entiende a las mujeres», pensé, manipulando los adornos del tocador, probando las lujosas sillas y la otomana, y deslizando los pies en las babuchas turcas blancas y escarlata, para retorcer voluptuosamente sus puntas delante del fuego. Dediqué unos cuantos minutos a este examen, y, tras expresar mi satisfacción, mi doncella me urgió amablemente a que me vistiera, pues «el amo» no consentía que se esperase a nadie para la cena. Esto me recordó al punto el hecho de que yo, sin duda, conocería a mi futuro esposo en el curso de esa comida, y en eso cada una de mis facultades se orientó en exclusiva a lograr un perfecto acicalamiento para aquel primer encuentro. La doncella poseía habilidad y gusto, y yo un vestidor recientemente enriquecido con regalos parisinos de mi tío, que estaba ansiosa de mostrar en su honor.

Cuando estuve lista, me contemplé en el espejo de cuerpo entero, examinándome como nunca antes lo había hecho, y descubrí allí una figura menuda y delgada, aunque no exenta de majestuosidad, llevando un vestido a la moda extranjera, adornado con lazos y cintas de encaje colorados, que resaltaban la blancura del cuello y los brazos; con el abundante cabello blondo y ondulado, recogido en la nuca en un anticuado moño con una cinta roja, y enmarcando un rostro en flor de ojos oscuros, radiante en el cénit de la vanidad, el entusiasmo y la esperanza juveniles.

—¡Me veo preciosa, estoy encantada!

—También yo lo estoy, Sybil.

De forma inconsciente y en voz alta, me había lisonjeado a mí misma, respondiéndome un *eco* desde el umbral donde se hallaba plantado mi tío, impecablemente vestido y con un aspecto más atractivo y frío que nunca. La desagradable sonrisa que revoloteaba sobre sus labios me sobresaltó; de la sorpresa pasé a la vergüenza, hasta que, acompañándose de gestos, añadió en su estilo más cortés:

—Estabas tan absorta en la contemplación de tu encantadora persona, que Janet respondió a mi golpecito y se marchó sin ser oída. Tú eres la dueña de mi mesa ahora: ¿querrás bajar?

Tras un último toque a este rebelde cabello mío, una última mirada integral y un estremecimiento, tomé el brazo que me ofrecía mi tío y descendimos entre crujidos la ancha escalera, sintiendo que el romance de mi vida estaba a punto de comenzar. Aunque tres servicios estaban dispuestos sobre la mesa, y tres sillas colocadas ante ellos, sólo dos fueron ocupadas, pues Guy no apareció. No hice preguntas ni mostré sorpresa, traté por el contrario de tragar mi disgusto con mi cena y me esforcé en agradar a mi tío, haciéndole creer que me había olvidado de mi primo. Fracasé estrepitosamente, sin embargo, pues ese asiento vacío ejercía una irresistible fascinación sobre mí, y más de una vez, al regresar mis ojos del furtivo escrutinio de la servilleta, el plato y el trío de vacíos vidrios coloreados, se encontraron con los de mi tío y sucumbieron ante su penetrante mirada. Cuando me levanté, encantada de dejarlo a solas con su vino —pues no me pidió que me quedara—, él también se levantó, y, mientras sostenía para mí la hoja de la puerta, me dijo:

—Me pediste que te describiera a tu primo:

ya has conocido un rasgo de su carácter esta noche; ¿te agrada acaso?

Sabía que él estaba tan molesto como yo por la ausencia de Guy; así pues, usando sus propias palabras, le respondí con descaro:

—Sí; porque prefiero ver al halcón libre que acudiendo mansamente a su llamada, tío.

Mi tío frunció el ceño ligeramente, dando a entender que no estaba acostumbrado a semejante libertad de expresión; sin embargo, se inclinó cortésmente cuando le dediqué una pequeña aunque majestuosa reverencia, y me encaminé hacia la salita, preguntándome si estaría tan enojado conmigo como yo lo estaba con mi primo. En una suerte de solitaria grandeza, me entretuve recorriendo el conjunto de magníficas habitaciones que, de ahí en adelante, constituirían mi reino; me contemplé en los grandes espejos, como todas las mujeres suelen hacer cuando están solas y vestidas; bailé sobre las mullidas alfombras; acaricié el teclado del gran piano; olí las flores, y acaricié los ornamentos en la mesa y los estantes; y fue precisamente al empapar mi pañuelo una segunda vez, con una refrescante esencia de un frasco de filigrana que me había cautivado, cuando oí, sucesivamente, que la puerta principal se abría de par en par, que unos pasos se apresuraban escaleras arriba, que unas botas taconeaban en el piso superior, y lo que parecían cajones abriéndose y cerrándose con violencia; una voz audaz y jovial arrancó a cantar una canción de caza, en un tono tan parecido al de mi tío, que involuntariamente volé hacia la puerta gritando:

—¡Ha venido Guy!

Afortunadamente para mi dignidad, nadie me oyó, y de una carrera me dispuse a sentarme en un sillón fingiendo leer, lista para adoptar una pose decorosa tras el preceptivo aviso de «¡un minuto!»; fui consciente, entretanto, de la nueva influencia que de pronto pareció bendecir la silenciosa casona, añadiendo el encanto que tanto necesitaba: el de la alegre camaradería.

«¿Cómo me reconocerá él? Y ¿cómo lo reconoceré yo?», pensé, alzando la vista hacia el muchacho de rostro brillante, cuyo retrato me devolvía la mirada con una alegre luz en los ojos pintados y un rastro de la sonrisa desdeñosa de su padre en las curvas de los firmes labios. Al poco, los rápidos pasos repiquetearon de nuevo al otro lado de la puerta, de camino hacia el comedor situado enfrente, y mientras permanecía a la escucha con un pálpito extraño en mi corazón, oí una voz joven e imperiosa decir rápidamente:

—Le pido disculpas, señor, pero me he visto inevitablemente retenido. ¿Ha venido ella? ¿Resulta al menos soportable?

—Yo al menos así la encuentro. La cena ha terminado, y no puedo ofrecerte más que una copa de vino.

La voz de mi tío sonaba gélidamente cortés, contrastando de forma curiosa con la otra, tan impetuosa y franca, como si su dueño estuviese acostumbrado a mandar o a ganar a todos menos a uno.

—¡Qué me importa la cena! Me alegro de haberme librado de ella; así que beberé a su salud, padre, y entonces inspeccionaré nuestro nuevo ornamento.

—¡Lechuguino insolente! —murmuré; sin embargo, al mismo tiempo resolví hacer honor a su apelativo, e inmediatamente me recompuse con la mayor eficacia posible, riéndome de mi locura mientras lo hacía. Comoquiera que poseía unos bonitos pies, una pequeña pantufla aparecía con toda naturalidad bajo el último volante de mi vestido; un brazalete relucía en mi brazo como surgiendo de entre los lazos y nudos de encaje encarnado, y ese brazo soportaba mi cabeza. Estando mi perfil bien cortado, y siendo mis pestañas largas y espesas, fingía leer orientando hacia la puerta la mitad del rostro. La luz llegaba desde lo alto, convirtiendo mi cabello en una cascada dorada; de modo que alisé mis rizos, volví a atarme la redecilla y, tras una nueva inspección, adopté la postura y el aspecto de quien permanece absorto, y con el pulso acelerado aguardé la llegada de los caballeros.

No se hicieron esperar. Me percaté de que ambos se detenían ante el umbral, pero no hicieron movimiento alguno hasta que el más joven dejó escapar un incontenible: «¡Tiene usted razón, señor!». Entonces me levanté, dispuesta a castigarlo con el saludo más frío, pero no lo hice. Casi había esperado encontrarme con el rostro y la figura juveniles del cuadro; por el contrario, me hallé ante un hombre alto y apuesto. Un bigote oscuro ocultaba parcialmente la orgullosa boca; los ojos vivaces eran tan agudos como los de su padre, aunque infinitamente más amables; y la frescura de una juventud inmaculada le prestaba un encanto que el maduro caballero había perdido para siempre. La expresión de agradable sorpresa de Guy fue tan halagadoramente franca, su sonrisa tan cordial, y su «¡bienvenida, prima!» sonó en mis oídos de forma tan sincera, que mi frialdad se fundió en una exhalación, mi dignidad fue del todo olvidada, y antes de que pudiera contenerme, había ofrecido las dos manos con esta impulsiva exclamación:

—¡Primo Guy, sé que voy a ser muy feliz aquí! Dime, ¿estás contento de que haya venido?

—Tan contento como lo estoy de ver el sol después de una neblinosa mañana de noviembre.

E, inclinando su alta cabeza, me besó la mano según la elegante moda extranjera que había aprendido en el curso de sus viajes. Me complació grandemente, pues aquel gesto se me antojó cariñoso y respetuoso al mismo tiempo. No pude por menos de compararlo con los modales de mi tío, y mientras lo hacía, lo lanceé con una significativa mirada. Él se percató de ello, pero se limitó a asentir con esa expresión sardónica que yo tanto odiaba, luego sacudió su periódico y empezó a ojearlo. Me senté de nuevo, esta vez con absoluta despreocupación sobre mi aspecto, y Guy permaneció de pie sobre la alfombra, estudiándome con una expresión de pasmo que más bien irritó mi orgullo.

«Es sólo un muchacho después de todo; así

que no tengo por qué sentirme intimidada por su altura o sus aires de grandeza. Me pregunto si sabe que voy a ser su esposa, y en ese caso, si está complacido con ello".

Este pensamiento pintó mi frente de arrebol e hizo que mis párpados se entornasen, y a pesar de mi valiente resolución, permanecí sentada como una niña tímida ante mi atractivo primo. Guy prorrumpió en una risotada infantil y se sentó en el escabel de su padre, y mientras se calentaba las delgadas manos morenas, dijo:

—Te ruego que me perdones, prima Sybil (no vamos a andarnos con formalidades, ¿verdad?). No he visto a una dama en un mes, de ahí que me quede embobado como un patán ante un vestido de seda y un rostro de alta cuna. ¿Vendrán esas personas, señor?

—Si Sybil lo desea, pregúntale a ella.

—¿Querrás tener aquí un rebaño de gente para hacer tu estancia más feliz, prima, o prefieres acaso nuestro estilo sobrio y tranquilo; simplemente cabalgando, paseando, descansando y disfrutando de la vida, cada uno a su manera? De aquí en adelante, en estas cuestiones se obrará como tú mandes.

—Entonces, es mejor que las cosas sigan como hasta ahora. No me entusiasma la vida social, y los extraños no me harían m{s feliz, pues adoro la libertad como tú, según tengo entendido.

—¡Ah, yo no lo hago!

Con un nubarrón ensombreciendo su rostro sonriente, se aplicó a atizar el fuego, como si necesitase una fumarola para aliviar la repentina ráfaga de ira que arrugó su frente y sus cejas negras en un ceño amenazador; lo que causó que su padre lo agarrase por el hombro, cuando Guy se levantaba para abandonar la habitación, con esta poco estimulante petición:

—Trae los portafolios y entretén a tu prima; tengo cartas que escribir, y Sybil está demasiado cansada esta noche para preocuparse por la música y el baile.

Encogiendo el hombro que su padre tocaba, Guy obedeció, mas no sin demorarse en el umbral hasta que mi tío, tras ofrecerme sus disculpas, hubo salido de la habitación; entonces mi primo se reunió conmigo, mostrando el mismo aspecto cordial que advirtiera al principio. Era evidente que alguna desconocida restricción había sido eliminada, apareciendo al punto su *yo* natural. Se trataba, por cierto, de un *yo* muy atractivo, cortés, alegre y franco, con un matiz sentimental más profundo de lo que yo pensaba encontrar. Lo observé disimuladamente, y no tardó en poseerme la idea de que él encarnaba cuanto yo más admiraba en ese héroe ideal que toda muchacha crea en su imaginación romántica; pues ya no veía a aquel joven como a mi primo, sino como a mi amante, y en todas nuestras relaciones futuras este pensamiento prevaleció siempre, irradiando un encanto que nunca perdió su poder.

Antes de que la velada decayese, Guy se arrodillaba en la alfombra junto a mí, con su cabeza muy cerca de la mía, mientras volvía una tras otra las láminas contenidas en un gran portafolio abierto en el suelo; nos mirábamos el uno al otro libremente a la cara, mientras yo escuchaba y él refería —ambos prorrumpiendo en frecuentes ataques de risa— alguna aventura extraña o desgracia cómica acaecida en sus viajes, sugerida por las escenas ilustradas ante nosotros. Guy estuvo encantador; yo, por mi parte, di rienda suelta a mi personalidad más dulce y alegre; y cuando más tarde nos separamos, mi primo se detuvo a observarme mientras yo subía las escaleras, despidiéndome con otro «buenas noches, Sybil», como si mi imagen y el sonido de mi nombre lo agradaran por igual.

***

—¿Es ése tu caballo Sultán? —le grité a mi primo desde mi ventana a la mañana siguiente, al verlo regresar por el camino de una galopada mañanera por los páramos circundantes.

—Sí, linda prima; ven y admíralo de cerca —gritó él en respuesta con el sombrero en la mano, y una amplia sonrisa ondeando sobre su rostro.

Bajé enseguida, y, de puntillas en el piso de la terraza, acaricié a la hermosa criatura por encima de la balaustrada mientras Guy, con la vista alzada hacia las cortinas sin descorrer de su padre, decía:

—Si tu silla de montar hubiese llegado, habríamos dado una vuelta antes de que *milord* estuviese listo para el desayuno. Esta brisa otoñal es el mejor tónico para las muchachas de ciudad.

Anhelaba ir con él, y cuando yo deseaba algo, pronto aparecía el modo de conseguirlo; así, indiferente al hecho de mi cabeza descubierta y a la ligereza de mi vestido de batista, extendí mis manos hacia él, diciendo con arrojo:

—Juega a ser un joven Lochinvar2, Guy; soy menuda y liviana: aúpame y acomódame delante de ti, y ¡muéstrame el mar!

A él le agradó la idea de una hazaña tan audaz, y tendiéndome la mano, apoyé un pie sobre su bota y me encaramé de un salto, lanzándonos al punto a galope sobre del ancho páramo, donde el sol brillaba en un cielo sin nubes, las alondras se elevaban cantando desde la hierba verde a nuestros pies, y el viento de septiembre soplaba fresco procedente del mar. Cuando nos detuvimos a mitad de la cuesta del promontorio, fuimos recompensados con una extraordinaria vista panorámica de la región; Guy desmontó y, plantado con su brazo alrededor de la silla para sostenerme en mi precaria postura, empezó a hablar.

—¿Te gusta tu nuevo hogar, prima?

—¡Más de lo que puedo expresar con palabras!

—¿Y mi padre, Sybil?

—A eso debo responder sí y no, Guy; yo apenas lo conozco aún.

—Es cierto, pero no debes esperar encontrarlo tan indulgente y cariñoso como la mayoría de tutores serían con alguien como tú. No está en su naturaleza. Sin embargo, puedes ganar su corazón mediante la obediencia, y llegar muy pronto a estar a gusto con él.

—¡Dios te bendiga! Pero yo ya estoy a gusto con él, pues a nadie temo. ¡Cómo si no! Ayer mismo me senté en sus rodillas y fumé un cigarrillo que él me ofreció, aunque *madame* se habría desmayado de haber podido verme; entonces me quedé dormida sobre su brazo una hora más o menos, y él se comportó conmigo como una especie de padre, aunque lo estuve fastidiando como un mosquito.

—¡El mismo diablo de siempre! —y con esta enérgica expresión, Guy frunció el ceño ante el paisaje, y frustró con dureza el intento de *Sultán* por curiosear a su antojo, mientras yo me preguntaba qué iba mal entre padre e hijo, y resolvía descubrirlo; pero, encontrando la conversación en un callejón sin salida, la empecé de nuevo, preguntando:

—¿Hay algo de mi propiedad en esta parte de la región, Guy? Sabes que soy tan ignorante como un bebé respecto a mis propios asuntos; pues, con tal de que todos mis antojos fueran satisfechos y mi bolsa estuviese siempre llena, dejé el resto a *madame* y a mi tío, y el poco juicio que demostré en un principio se ha convertido con el tiempo en un desconocimiento total. Nunca antes me preocupé de hacer preguntas de esta clase, pero ahora tengo una gran curiosidad por saber cómo están las cosas.

—Todo lo que ves es tuyo, Sybil —fue la breve respuesta.

—¡Cómo! ¿Esa gran casa, el hermoso jardín que la circunda, estos páramos y el bosque que se extiende hasta el mar? ¡Me alegro tanto! ¡Me siento tan feliz! ¿Pero dónde, entonces, se encuentra tu hogar, Guy?

—En ninguna parte.

Cuál no sería mi sorpresa, cuál no sería mi asombro, que su tristeza se diluyó en medio de un ataque de risa, mientras me explicaba las circunstancias del asunto; lo hizo empero sumariamente, como si aquel tema no resultara más agradable para él que el primero:

—Era la voluntad de tu padre que tomaras posesión del viejo y noble lugar a la edad de dieciocho años. Los cumplirás pronto; por lo tanto, como tutor tuyo, mi padre ha preparado las cosas para ti y compartirá contigo tu hogar hasta que contraigas matrimonio.

—Me pregunto cuando será eso —y aventuré una mirada bajo mis pestañas, ansiosa por descubrir si Guy era conocedor del pacto nupcial, y cómplice de él.

Su rostro estaba a medias apartado del

mío, pero sobre su bronceada mejilla vi extenderse un profundo rubor mientras respondía, agachándose para arrancar una mata de brezo:

—Pronto, espero, o el caballero que duerme allí abajo ahora se verá tentado a convertirse en un personaje fijo, contigo en sus rodillas como «*madame* mi esposa». Él no es tu auténtico tío, como ya sabes.

Sonreí ante la idea, aunque Guy no lo vio; y poseída de pronto por el capricho de probar mi habilidad, con el halcón que tan ingratamente pagaba con picotazos a su amo, le dije tímidamente:

—Bueno, ¿y por qué no? Podría llegar a ser muy feliz si aprendiese a amarlo, y eso no sería difícil si él estuviera siempre en ese expansivo estado de ánimo que muestra a veces. ¿Te gustaría yo como una pequeña mamá, Guy?

—¡No! —respondió él, breve y tajante como una descarga de pistola.

—Entonces deberás casarte y tener un hogar propio, hijo mío.

—¡Basta, Sybil! Preferiría que no me vieras encolerizado, pues no soy un espectáculo agradable en ese estado, te lo aseguro, y me temo que si continúas por ese camino, acabaré estándolo. Perdí a mi madre muy prematuramente, pero la sigo amando tiernamente, pues mi padre no significa para mí gran cosa; tengo el convencimiento de que si ella viviese, yo no sería lo que soy.

Amarga era su voz, sombrío su semblante, y toda la luz del sol pareció retirarse de golpe. Bajé la mirada y acaricié tímidamente su cabello negro, sintiendo a la vez remordimiento y compasión.

—Querido Guy, te he ofendido y te ruego que me perdones. Soy una criatura irreflexiva por naturaleza, pero desconozco la maldad, y una palabra tuya me refrenará si es dicha amablemente. Mi casa será siempre tuya, y cuando disponga de mi fortuna, jamás carecerás de nada, con tal que no seas demasiado orgulloso para aceptar la ayuda de tu propia familia; aunque temo que lo seas en alguna medida, ¿no es así?

—Como el mismísimo Lucifer, según la mayoría de las personas. Mas creo que no debería serlo contigo, porque tú me entiendes, Sybil, y a tu lado espero madurar y convertirme en un hombre mejor.

Y dicho esto se volvió, y a través de las duras facciones legadas por su padre, se abrió paso una mirada que debió de pertenecer a su madre, pues era femenina, dulce y suave, y prestó nueva belleza a los ojos oscuros, siempre amables, y en ese momento, además, melancólicos. Él había interrumpido su discurso de repente, como si creyera haber ido demasiado lejos, y tras esa mirada apresurada a mi rostro, inclinó el suyo hacia el suelo, tratando de ocultar la desconocida sensación que lo dominaba. Duró sólo un momento, y al cabo sus viejos modales se dejaron notar de nuevo, cuando dijo alegremente:

—Se te ha caído una babucha Me he estado preguntando qué ocultaría: ¡algo muy hermoso, según veo! Dicen que es un pie como este el que a menudo pisotea los corazones de los hombres. ¿Eres cruel con tus amantes, Sybil?

—Nunca he tenido uno, pues *madame* me protegía como un dragón a una princesa cautiva, y he llevado una vida de monja; pero cuando encuentre uno, pondré a prueba su temple antes de renunciar a mi libertad.

—Aseguran los poetas que es gozoso renunciar a la libertad por amor, y ellos deben de saberlo bien —respondió Guy, con una mirada de soslayo.

Me agradó ese comentario, y recordando la mirada nostálgica que me dedicara, las significativas palabras que se le habían escapado, y sus cambios de tono y actitud sucediéndose uno a otro constantemente, tuve por seguro que mi primo era conocedor del pacto familiar, y que lo aceptaba, sin embargo, con la timidez de un joven amante que no sabía cómo cortejarme. Aquello me complació, y, muy satisfecha con mi trabajo matutino, me propuse mentalmente encandilar a mi primo lentamente, disfrutando del embrujo de un auténtico cortejo, sin el cual la vida de ninguna mujer parece completa a decir de ellas mismas, por lo menos. Guy había recogido para mí un manojo de brezo púrpura, y cuando me lo ofreció, le sonreí dulcemente, diciendo:

—Te autorizo a que me obsequies con toda clase de ramilletes, porque tienes mucho gusto, y me encantan las flores silvestres. Llevaré este puesto en la cena en honor a su autor. Ahora llévame a casa; pues mis páramos, aunque hermosos, son fríos, y no tengo más envoltorio que este microscópico pañuelo.

Al oír aquello se despojó de su chaqueta de montar, y me envolvió en ella hasta casi asfixiarme. Con el sombrero hizo lo propio, y cuando saltó acomodándose detrás de mí, yo tomé las riendas y sentí un estremecimiento de placer al descender la pendiente al galope, con aquella fogosa criatura tirando del bocado, el fuerte brazo masculino ciñéndome y la feliz esperanza de que el corazón en el que me apoyaba acabaría amándome.

El día que empezó de esta manera transcurrió agradablemente para mí, dedicada a recorrer la casa y los terrenos circundantes con mi primo, poniendo mi equipaje en orden y escribiendo a la querida y vieja *madame*. El crepúsculo me encontró con mi atavío más airoso, y con el brezo de Guy prendido en mi cabellera, esperando escuchar sus pasos, y deseando correr y encontrarme con él cuando llegase. Poco tiempo después, con toda puntualidad, apareció mi primo, y aquella cena fue muy diferente de la de la noche anterior, pues ambos, padre e hijo, parecían estar en su estado de ánimo más alegre y galante, y yo disfruté sinceramente de aquella hora. El mundo parecía entonces ajustado a algún inasible diapasón, y cuando entré en la sala de música, me vi impelida a interpretar mis marchas más conmovedoras y a cantar mis canciones más alegres, con la esperanza de lograr que al menos uno de los caballeros me acompañara. Conseguí que ambos lo hicieran, y una primera ojeada me mostró el curioso cambio operado en cada uno: mi tío parecía atormentado y sin embargo entretenido; a Guy se lo veía apesadumbrado, y dirigía a su padre miradas furtivas.

La charla de aquella misma mañana cruzó por mi mente, y me pregunté: «¿Estará Guy celoso tan pronto?». Todo parecía indicar que así era, pues se arrojó sobre un sillón y permaneció allí, taciturno y displicente, mientras que mi tío se paseaba de un lado a otro, absorto en sus pensamientos, y aparentaba escuchar la canción que me había rogado que finalizase yo. Así lo hice, y al punto cedí al capricho que entonces me poseía, pues yo deseaba probar mi poder sobre ellos para ver si podía recuperar ese carácter más expansivo de mi tío, y averiguar si a Guy le importaba o no que yo fuese más amable con él.

—Tío, venga y cante conmigo; me agrada esa voz suya.

—¡Quia!, soy demasiado viejo para eso; toma a este indolente muchacho a cambio, su voz es fresca y juvenil, y acorde también con la tuya.

—¿Conoces esa hermosa *chanson* sobre «¡el amor y el vino, y el Sena mañana!», primo Guy? —le pregunté, sin dejar de observar de reojo a mi tío.

—¿Quién te ha enseñado eso? —y Guy me miró por encima del respaldo del sillón, con una expresión de pasmo que me divirtió mucho.

—Nadie; mi tío me cantó un poco ayer en el carruaje. Me gusta la tonada; así pues, ¡venga, enséñame el resto!

—No es una canción apropiada para ti, Sybil. Escoge usted extraños entretenimientos para una damisela, señor.

Una mirada de inconfundible desprecio asomó a los ojos del hijo, y otra de momentánea incomodidad a los del padre; sin embargo, su voz no lo traicionó al contestar, paseándose aún plácidamente por la sala:

—Pensé que ella dormía, e inconscientemente empecé a cantarla para entretener una marcha tan silenciosa. Sigue cantando, Sybil; ese arranque orgiástico no te hará ningún daño.

Pero yo me había cansado de la música, después de que ambos abandonaran su mutismo, así que me fui hacia mi tío y, pasando mi brazo a través del suyo, caminé junto a él, diciéndole con mi tono más persuasivo:

—Hábleme de París, tío; tengo la intención de ir allí tan pronto tenga edad para ello, si usted me lo permite. ¿Se extiende acaso su tutela más allá de esa fecha?

—Sólo hasta que te cases.

—En ese caso no tengo ninguna prisa en hacerlo, pues empiezo a sentirme muy a gusto y feliz aquí con usted y mi primo, y no creo que una compañía distinta me satisficiera tanto; sólo temo que puedan acabar cansándose de mí y me dejen al cargo de alguna lúgubre institutriz, mientras usted y Guy se divierten.

—No debes temer eso en absoluto, Sybil; yo te retendré firmemente hasta que algún tutor más joven venga a robarme a mi alegre pupila.

Mientras así hablaba, asió la mano que con tanta fuerza descansaba sobre su brazo, y se volvió hacia mí con una mirada tan aguda, que involuntariamente bajé los ojos para que no leyera allí mi secreto. Deseando desviar la conversación, señalé una pequeña miniatura que colgaba bajo el retrato de su hijo, y antes de que él hubiese acabado, le pregunté:

—¿Era ella la madre de Guy, señor?

—No, la tuya.

La miré otra vez, y distinguí un rostro delicado pero enérgico, con los ojos oscuros y una boca apasionada, orlado por una cabellera tan abundante y dorada como la mía; pero el retrato se veía oscurecido por la edad, el marfil del marco estaba ennegrecido, el vidrio, quebrado, y una cinta descolorida lo sujetaba. Mis ojos se llenaron de lágrimas al verlo, y se apoderó de mí un fuerte deseo de conocer el porqué del deterioro de aquella efigie de mi madre, a quien no conocí.

—Hábleme de ella, tío; yo sé muy poco, y a menudo la echo mucho de menos. ¿Me parezco a ella, señor?

—Eres su vivo retrato de juventud, Sybil.

¿Por qué apartaría mi tío sus ojos al responderme?

—Continúe, por favor, cuénteme más; dígame por qué está su miniatura tan manchada y dañada; usted debe de saberlo todo, y seguramente soy ya lo suficientemente adulta para escuchar cualquier historia de dolor y pérdida.

Algo hizo que la frente de mi tío se arrugara, pero su voz suave no varió un solo tono mientras colocaba el cuadrito en mi mano y me daba esta breve explicación:

—Justo antes de tu nacimiento, tu padre se vio obligado a cruzar el Canal para recibir la última voluntad de un amigo moribundo; se produjo un accidente; el buque que lo transportaba se fue a pique, y muchas vidas se perdieron. Él sobrevivió al naufragio, pero por algún error su nombre apareció en la lista de pasajeros desaparecidos; tu madre lo vio, y la impresión acabó con ella al instante; y cuando tu padre regresó, sólo su pequeña hijita quedaba de su familia para darle la bienvenida. Esta miniatura, que él siempre llevaba consigo, fue salvada con sus papeles en el último momento; mas aunque el agua del mar la arruinó irremediablemente, él nunca la hizo copiar ni retocar, y me la dio al morir en memoria de la mujer a la que yo también amé en su nombre. Esto es tuyo ahora, mi niña; cuida bien de ella, y mientras yo viva, nunca te sientas huérfana en el mundo.

Amables como eran sus gestos y sus palabras, nada de ello me tocó el corazón, pues parecían ocultar algo siniestro. Yo lo intuía, aunque no podía precisarlo, pues entonces yo creía en la sinceridad de cuantas personas me rodeaban.

—¿Dónde fue enterrada ella, tío? Puede parecer una tontería, pero me gustaría ver la tumba de mi madre.

—Lo harás algún día, Sybil —y un curioso cambio se operó en el rostro de mi tío, que apartó al punto de mi vista.

«Lo he puesto de un humor melancólico, hablando de la madre de Guy y de la mía; ahora debo alegrarlo de nuevo si ello es posible, y espolear también a ese chiquillo indolente», pensé, y arrastré a mi tío hasta una *chaise longue*, tomé asiento en el brazo de esta, y lo mantuve riendo con mi chismografía más frívola; ambos aparentando indiferencia a la oscura figura estirada frente a nosotros, fingiendo dormir, pero observándonos a través de los párpados entrecerrados; figura que no se agitó siquiera, salvo para inclinarse en silencio en respuesta a mi descuidado «buenas noches».

Cuando alcancé el final del último tramo de escalera, me acordé de que mi carta a *madame* —repleta de las más sinceras críticas a las personas y las cosas— yacía sin franquear sobre la mesa de la pequeña pieza que mi tío había dispuesto para mi uso como *boudoir*; temiendo los ojos y las lenguas de los sirvientes, me deslicé de nuevo hacia abajo para recuperarla. La habitación era contigua a los salones, y en ese momento sólo estaba iluminada por un rayo de la lámpara del corredor. Tenía la carta en mi poder, y me disponía ya a darme la vuelta para retirarme cuando, sumiso aunque en un evidente estado de frustración, oí a Guy decir con petulancia:

—Soy cortés cuando me deja hacer a mí; estoy de acuerdo en casarme con ella, pero no toleraré que me presione para ir más aprisa, ni le haré la corte más que a mi propia manera. Usted sabe que nunca me gustó este negocio pues no es m{s que eso; aunque puedo reconciliarme con la idea de ser *vendido*, si eso lo libera de sus deudas y nos proporciona a ambos un hogar. Pero, padre, entienda esto: si me ata al corsé de esa muchacha con demasiada fuerza, me desentenderé por completo, y entonces ¿qué será de nosotros?

—Yo acabaría en prisión, y tú serías un vagabundo sin hogar. Confía en mí, hijo mío, y toma la fortuna que aseguré para ti mientras aún estabas en la cuna. Pero recuerda que el tiempo apremia, y que esta, aunque débil y estrecha, es nuestra última esperanza; y por el amor de Dios, sé prudente, pues ella es una criatura obstinada, y podría negarse a cumplir con su parte si se entera de que el contrato no es vinculante contra su voluntad.

—Creo que no se negará, señor. Yo empiezo a gustarle; lo veo en sus ojos. Ella asegura que nunca ha tenido un amante, y de acuerdo con sus lecciones, el primer novio de una muchacha tiende a ser el mejor considerado. Además, a ella le gusta el lugar, pues yo le dije que era suyo, tal y como usted me ordenó, y contestó que podría ser muy feliz aquí, si mi padre se mostrase siempre amable.

—¿Eso dijo ella?, ¿en serio? ¡Pequeña hipócrita! Ahora, por nuestro bien, ata cabos y dime qué más balbuceó en ese primer *tête à tête* vuestro.

—Es usted tan curioso como una damisela, señor, siempre me obliga a contarle todo lo que hago y digo; sin embargo nunca me cuenta nada a cambio, salvo lo relativo a este negocio que yo aborrezco, porque mi libertad es el precio, y mi pobre prima es mantenida en la oscuridad. Se lo contaré todo antes de casarme con ella, padre.

—Como quieras, jovencito impetuoso. Estoy esperando un informe del primer lance de amor, así que deja de tontear con Sybil y ponte a trabajar en serio.

Aun sabiendo lo que vendría a continuación, y que no debía demorarme allí mucho más tiempo, pude vislumbrar fugazmente a la pareja: Guy de pie sobre la alfombra en su postura favorita, con el ceño fruncido y una media sonrisa en los labios, esperando su turno para hablar; y mi tío fumando tranquilamente en el sofá. Me alejé entonces apresuradamente hacia mis habitaciones; y allí sentada, presa de una pasión aniquiladora, pensé:

«De modo que mi primo conoce el pacto matrimonial y lo rechaza, pero se somete a él para complacer a su padre, que codicia mi fortuna: ¡despreciables mercenarios! No obstante puedo anular el compromiso, ¿mas está realmente en mi mano el hacerlo? Me gustaría saberlo, porque eso me convertiría en dueña de la situación y aun de ellos dos. "Yo empiezo a gustarle", dice: ¿est{ en lo cierto? "Lo veo en sus ojos" ¡Petimetre! Me cubriré de espinas por esto Aunque lo cierto es que él me agrada, y deseo que se preocupe de mí , ¡estoy tan sola en el mundo, y Guy puede ser tan encantador!»

Lloré amargamente como nunca antes lo había hecho, luego me cepillé el cabello durante un buen rato, y me metí en la cama. Resolví descubrir cuanto pudiera: cuando, donde y como más me agradase; recompensarme a mí misma de la forma más encantadora y valiosa posible; y conseguir que Guy me amase a pesar de sí mismo, y entonces responderle sí o no según me impulsase mi corazón.

El día siguiente fue el patrón por el que se cortaron los que lo sucedieron, pues mi primo era alternativamente atraído o repelido por los humores caprichosos que me gobernaban. Aun consciente de los aviesos propósitos de mi tío, no podía resistirme a la fascinación de sus maneras cuando él decidía ejercer su influencia sobre mí; esto hizo que mi pequeño plan fuera de más fácil ejecución, pues los celos parecían el medio más eficaz para lograr el sometimiento de mi díscolo primo. Poseída por esta idea, aparentaba yo aburrirme de su compañía, volverme espinosa como el brezo para él y cariñosa como una hija para mi tío, que nos observaba a ambos con esa inescrutable mirada suya; y poco a poco fue cediendo este a mi dominio, como si hubiese adivinado mi propósito y deseara favorecerlo. Guy se tornó frío y sombrío, y aun así permaneció cerca de mí, ofreciéndose como blanco de una mirada o una palabra conciliadora. Eso me satisfizo, y experimenté un placer voluptuoso en prolongar la humillación, del cálido corazón al que ya había aprendido a amar, pero que no valoré como debía hasta que fue demasiado tarde.

Un agónico atardecer de noviembre, mientras recorría de un lado a otro la galería, pretendiendo disfrutar de las flores, aunque en realidad a la espera de Guy —que me había estado evitando durante todo el día—, mi tío salió de su gabinete, donde había permanecido encerrado durante muchas horas, con el aspecto apurado y ansioso que siempre mostraba cuando recibía ciertas cartas del extranjero.

—Sybil, tengo algo que mostrarte y que contarte —me dijo él, mientras yo adornaba su ojal con una ramita de heliotropo, de forma tan significativa, que hasta el más lento de entenderas comprendería su significado o eso creía yo.

Tras hacerme pasar a la sala de estar, mi tío puso un papel en mis manos, con esta petición:

—Ésta es una copia del testamento hológrafo de tu padre, hazme el favor de leerla.

Permaneció atento a mi rostro mientras yo leía, extrañado sin duda ante la gravedad y compostura con la que yo iba vadeando uno tras otro los áridos detalles del documento, frenando mi impaciencia por llegar al pasaje más importante para mí. Y allí estaba por fin , mas ni una sola palabra contenía acerca de mi poder para disolver el compromiso, si así lo deseaba; y cuando comprendí la realidad, un desconcierto repentino y una sensación de impotencia se apoderaron de mí, pues los extraños términos legales parecían convertir en inexorable el decreto paternal, el cual yo desconocía. Olvidé entonces mi estudiada calma, y le hice varias preguntas a mi tío en tono vehemente.

—¿Ordenó realmente mi padre que me casara con Guy, tanto si nos amábamos como si no?

—Ya ves lo que él dispuso ahí abajo para su hija; yo he tomado toda clase de medidas para que os améis el uno al otro, sabedor de que muy pocos primos tan jóvenes, apuestos y afines podrían convivir durante tres meses sin que se hallasen listos para casarse por propia voluntad, si es que no por el amor a los padres vivos y muertos a quienes deben obediencia.

—Usted aseguró que yo no tendría necesidad alguna de ello, si tal era mi voluntad, ¿por qué no está eso recogido aquí?

—¿Yo dije eso? ¡Nunca, Sybil! —y me enfrenté a una mirada tan completamente sorprendida e incrédula, que hizo tambalear mi confianza en mis propios sentidos; mas también inflamó mi espíritu, y, sin preocuparme de las consecuencias, hablé enseguida:

—Yo misma se lo oí decir la noche siguiente a mi llegada, cuando le aconsejó a Guy que fuera cauteloso, porque yo podía negarme a cumplir mi parte del pacto, si supiese que este no era vinculante en contra de mi voluntad.

Se hizo evidente que esta revelación arruinó algún plan en su mente, y por un momento permaneció anonadado y con la guardia baja; pues, arrugando el papel en su mano, me espetó con firmeza:

—Bien pronto te convertiste en una espía; ¿con qué frecuencia lo has hecho desde entonces?

—Nunca más, tío; yo no lo pretendía tampoco en ese momento, pero, volviendo de coger una carta, a solas y en la oscuridad, oí su voz y la de mi primo, y me paré a escuchar durante un instante. Fue algo deshonroso, pero irresistible. Y si usted fuerza las confidencias de Guy, ¿por qué no puedo robarle yo las suyas? Todo vale en la guerra, señor, y yo perdono como espero ser perdonada.

—Tienes un ingenio resuelto, y una reticencia que no esperaba encontrar bajo esos francos modales. ¿De modo que durante estos meses has conocido el destino que te aguarda, y hasta tu comportamiento con tu primo y conmigo ha obedecido a un propósito definido?

—Así es, tío.

—¿Puedo preguntar qué propósito es ése?

Me daba vergüenza confesarlo; y, en la pequeña pausa anterior a la llegada de mi respuesta, mi resentimiento por la deserción de Guy se vio aumentado por la ira ante la negación de mi tío de sus propias palabras, acerca de la débil esperanza que yo acariciaba; y un fuerte deseo de frustrarlo y contrariarlo se posesionó de mí, pues entreví su ansiedad en relación con el éxito de aquella entrevista, aunque se esforzó por reprimirla y ocultarla. Adoptando mi semblante su más fría expresión, le espeté:

—No, señor, creo que no; sólo puedo asegurarle que mi pequeño plan ha tenido ya más éxito que el suyo propio.

—Pero tú tienes, así lo creo, la intención de obedecer la voluntad de tu padre y cumplir con tu parte del pacto, ¿me equivoco, Sybil?

—¿Por qué habría de hacerlo? No me obliga a nada, como bien sabe, y soy demasiado joven para perder mi libertad por el momento; además, ese tipo de pactos son injustos y poco sensatos. ¿Qué derecho tenía mi padre a emparejarme en mi cuna? ¿Cómo podía saber él lo que yo o Guy llegaríamos a ser? ¿Qué lo autorizaba a decidir que no debía amar a otra persona mejor? ¡No! ¡No voy a ser objeto de negociación como si fuese una mercancía, sino que amaré a quien yo quiera, y me casaré cuando lo desee!

Ante esta declaración de independencia, las facciones de mi tío se oscurecieron ominosamente; alguna nueva sospecha acechaba en sus ojos, una nueva ansiedad lo asedió; pero sus maneras seguían siendo tranquilas, y su voz más suave que nunca cuando me preguntó:

—¿Hay entonces alguien a quien amas? Puedes confiar en mí, mi niña.

—Y si lo hubiera, ¿entonces qué?

—Todo se arreglaría enseguida, Sybil. Pero ¿de quién se trata? ¿Acaso de un joven amante dejado atrás con *madame*?

—No, señor.

—¿Quién entonces? Tú has llevado una vida de reclusión aquí. Guy no tiene amigos que lo visiten, y los míos son todos muy viejos ya; y aun así dices que amas a alguien.

—Con todo mi corazón, tío.

—¿Es ese afecto correspondido, Sybil?

—Así lo creo.

—¿Y no se trata de Guy?

Fui lo suficientemente cruel para disfrutar de esa amarga decepción, que él no pudo ocultar, ante mis audaces palabras, pues pensé que se merecía esa momentánea punzada; mas no podía responder tan decididamente a la última pregunta, pues durante un tiempo al menos no pretendía mentir ni confesar; de modo que, con un pequeño gesto de impaciencia, me di la vuelta en silencio para que mi tío no advirtiese el sonrojo delator en mis mejillas. Mi tutor permaneció un momento sumido en una profunda reflexión; una sonrisa se arrastró luego lentamente hasta sus labios, una expresión de satisfacción distendió su semblante, y algo así como un destello de triunfo brilló por un instante en sus ojos; al cabo desaparecieron, dejando en su rostro un aire de intensa expectación. Por mucho que este cambio me sorprendió, sus palabras lo hicieron aún más, pues, tomando mis manos entre las suyas, dijo con gravedad:

—¿Sabías, Sybil, que yo no soy tu tío carnal, que lo soy sólo por adopción?

—Sí, señor; algo había oído, pero ya lo tenía olvidado —y alcé la vista hacia él, con mi enojo en gran medida suavizado por el asombro.

—Déjame contártelo, entonces. Tu abuelo vivió sin hijos durante muchos años; mi madre era una antigua amiga suya, y cuando su muerte me dejó huérfano, él me adoptó como hijo y me nombró su heredero. Pero sólo dos años más tarde, nació tu padre. Yo era demasiado joven para comprender todos los cambios que aquello provocaría en mi vida; el anciano era demasiado justo y generoso para dejarme pensarlo siquiera, y los dos muchachos crecimos juntos como hermanos. Ambos nos casamos jóvenes, y cuando tú viniste al mundo, unos pocos años después que mi hijo, tu padre me dijo: «Tu niño tendrá a mi niña, y la fortuna de la que inocentemente te he privado nos hará felices a través de nuestros hijos». Fue entonces cuando se concertó el pacto matrimonial, renovado luego en su lecho de muerte y destruido ahora por su hija, a menos que Sybil, tengo cuarenta y cinco años, tú no tienes los dieciocho aún, sin embargo, una vez dijiste que podrías ser muy feliz a mi lado, si yo fuera siempre amable contigo. Puedo prometerte que lo seré, porque te quiero. Querida mía, tú que rechazas al hijo, ¿aceptarías al padre?

Si él me hubiera golpeado en ese momento, difícilmente me habría conmocionado más. Me sobresalté, y retirando mis manos de entre las suyas, escondí mi rostro tras ellas, porque después del primer cosquilleo de sorpresa, un deseo casi irresistible de reír se apoderó de mí , mas no me atreví, y grave y suavemente, él continuó diciendo:

—Me tengo por un hombre osado al revelarte esto, pero lo hago sinceramente. No pretendía traicionar un afecto que seguramente no podrías corresponder jamás, y del que quizá te mofarías como de una debilidad; pero tus actos pasados, tus palabras presentes, me dan valor para confesar que deseo mantener a mi pupila junto a mí para siempre. ¿Será así?

Él, evidentemente, confundió mi asombro con espontáneo pudor de doncella, y lo repentino de aquella catástrofe imprevista pareció privarme de habla. Todo pensamiento de alegría o ridículo se diluyó en un sentimiento de culpa, pues siendo así que él fingía el amor que me ofrecía, su actuación fue magnífica, y yo lo creí entonces. Comprendí enseguida las consecuencias de mi conducta; mi confesión a medias y lo absurdo de todo el asunto me oprimieron con una sensación de remordimiento y vergüenza que no podía dominar. Mi mente se debatía en medio de una grave confusión; sin embargo, un rotundo «¡no!» se abría paso rápidamente a través del caos, aunque no fue pronunciado; pues justo en aquel momento crítico, mientras permanecía allí con el brazo de mi tío ciñéndome aún, mi mano de nuevo entre las suyas, y su cabeza inclinada en espera de mi respuesta, Guy irrumpió en la habitación balanceándose alegremente. Un simple vistazo parecía bastar para explicarlo todo, y en un instante su rostro asumió esa expresión de ira silenciosa, mucho más terrible de presenciar que la más violenta erupción; sus ojos ardieron como carbones al rojo, y su voz sonó amargamente sarcástica cuando dijo:

—Ah, ya veo; la representación continúa,

pero los actores cambian sus papeles. Le felicito por su éxito, señor, y a Sybil por su elección. De ahora en adelante estoy *de trop3*, pero antes de marcharme permítame ofrecerle mi regalo de bodas. Usted ha tomado a la novia, déjeme proporcionarle el anillo.

Mi primo arrojó un joyerito sobre la mesa, y, en ese tono antinaturalmente tranquilo, que hizo que mi corazón se detuviese, añadió:

—Un poco de candor me habría ahorrado mucho dolor, Sybil; pero espero que disfrutes de tus cadenas tan sinceramente como yo celebro haberme zafado de ellas. Un poco de confianza me habría convertido en su aliado, no en su rival, padre. No poseo su destreza, por consguiente, yo pierdo y usted gana: dejémoslo así. Prefiero ser el vagabundo en que esto me convierte que venderme a mí mismo; usted puede jugarse la fortuna de esa muchacha como ha hecho con la suya y con la mía. No se moleste en invitarme a la boda, no vendré ¡Oh, Sybil: y yo que tanto te amaba y confiaba en ti!

Y con esa quebrada exclamación resonando aún en mis oídos, se marchó.

La tormentosa escena —tan extraña e inesperada por demás— se había desarrollado tan rápidamente que no alcanzaba a entenderla; y tan brusca y desdeñosa se me antojó la ira de Guy, que me sentí como un títere a merced de algún poder al que no podía sustraerme; mas cuando mi amado abandonó la habitación, me impuse al desconcierto que me paralizaba y le imploré a gritos que se quedase y me escuchase.

Pero ya era demasiado tarde: él se había ido, y los cascos de *Sultán* resonaban avenida abajo. Escuché hasta que el sonido se amortiguó con la distancia; entonces, mi enérgico temperamento se reveló contra el control impuesto en el pasado, y se afirmó femenilmente en un discurso vehemente y prolijo: estaba furiosa con mi tío, con mi primo, conmigo misma, y durante varios minutos derramé un torrente de explicaciones, reproches y remordimientos como sólo una muchacha apasionada podría pronunciar.

Mi tío permanecía en el mismo lugar que habíamos ocupado, antes de arrojarme en dirección a la puerta con mi vano clamor; me pareció desconcertado entonces, aunque severamente resuelto, y cuando hice una pausa para tomar aliento, su única respuesta fue:

—Sybil, me pides que traiga de vuelta a ese chiquillo testarudo; pues bien, no puedo , ¡nunca vendrá! Este pacto nupcial le resultaba odioso, pero se sometió a él por amor a mí, porque he sido muy desafortunado en la vida y a consecuencia de ello estamos en la miseria. ¡Que se vaya!, olvida el pasado y sé para mí lo que yo más deseo, pues yo quería a tu padre y seré un fiel guardián de su hija durante toda mi vida. Niña mía, así debe ser Ven, te lo imploro , ¡te lo ordeno!

Mi tío gesticulaba imperiosamente tratando sin duda de intimidarme, y sostuvo ante mí el brillante anillo de compromiso, como si quisiera tentarme. Su tono de voz, sus gestos, su mirada sólo consiguieron exasperarme. Me acerqué entonces a él y tomé el anillo, pero con la misma resuelta inflexión que empleara conmigo, le dije:

—Guy me rechaza, y aun enamorada de él, acepto su decisión. Tío, usted me habría engañado, utilizándome como un medio para satisfacer sus propios fines egoístas. No aceptaré sus regalos ni lo tomaré a usted, pues ahora ni su autoridad ni su persona son dignas de mi respeto —y, con el énfasis más enérgico que pude darle a mi desafío, arrojé el anillo, con caja y todo, al otro lado de la sala; aquélla golpeó el gran espejo, impactando justo en el centro, haciéndolo temblar y enviando varios fragmentos sueltos a estrellarse en el suelo.

—¡Por todos los santos! ¿Acaso se ha vuelto loca la joven dama? —exclamó una voz detrás de nosotros. Ambos volvimos nuestros rostros y vimos al doctor Karnac, un sigiloso galeno de origen español, de rostro anguloso y cetrino, por quien yo sentía una aversión insuperable. Se trataba del médico de mi tío, que volvía de visitar a un sirviente enfermo en uno de los pisos superiores y a quien mi mala estrella envió a la puerta en ese preciso instante, con la desafortunada exclamación salida de mis labios resonando aún.

—¿Qué es lo que ha dicho usted?

Mi tío giró sobre sus talones y miró al recién llegado con atención, mientras este repetía sus palabras. No me cabe duda de que yo debía de parecer una pobre loca, estando como estaba encolerizada hasta la desesperación, y pálida y temblorosa por la excitación nerviosa; y mientras ellos me observaban con una curiosa expresión de alarma en sus semblantes, la certeza de la absurdidad del espectáculo se apoderó repentinamente de mí; reí histéricamente durante un momento, y a continuación prorrumpí en un apasionado estallido de lágrimas muy amargas recordando que Guy se había marchado, tal vez para siempre. Mientras así sollozaba, con el rostro enterrado entre las manos, me percaté de que los caballeros susurraban entre sí, y que lo hacían de mí; mas no les presté atención, pues conforme lloraba me iba calmando a mí misma, y un pensamiento reconfortante acudió en mi auxilio: mi primo no podía haber ido muy lejos, por el mero hecho de que *Sultán* había estado fuera todo el día, y Guy, aunque imprudente consigo mismo, no lo sería con su caballo, al que quería como a un ser humano; por consiguiente, él se encontraría, indudablemente, en casa de algún conocido de los alrededores. Si yo lograba escapar sin ser vista, quizá estuviese a tiempo de reparar los daños causados por mi lamentable actuación, o al menos de verlo una vez más antes de que se lanzara al mundo, seguramente para no volver jamás. Esta esperanza me dio valor para cualquier cosa, y enjugando mis lágrimas, estudié con disimulo la situación. El doctor Karnac y mi tío estaban aún junto a la chimenea, absortos en su conversación en voz queda; sus espaldas estaban vueltas hacia mí, y, acallando el rumor del roce de mi falda, me deslicé con pasos suaves hasta el vestíbulo, me apoderé de la manta escocesa de Guy y, abriendo la gran puerta inadvertidamente, me precipité al exterior y eché a correr avenida abajo.

No llegué muy lejos, sin embargo: el viento me zarandeaba sin piedad, empujándome a un lado y a otro del camino; la fría lluvia golpeteaba en mi rostro, cegándome de continuo; el barro succionaba mis pies, y pronto me robó una de mis babuchas Buscándola a tientas en medio de mi desesperación, vislumbré un destello luminoso en las tinieblas a mi alrededor; oí voces llamándome por mi nombre, y al cabo unos pasos pesados y veloces en pos de mí. Sintiéndome perseguida sin tregua ni reposo como un cervatillo, corrí con todas mis fuerzas, pero no había ganado aún una docena de yardas cuando mi pie descalzo golpeó una piedra afilada, y caí aturdida por el dolor sobre la hierba mojada a la orilla del camino. El doctor Karnac fue el primero en darme alcance; levantándome del suelo como se haría con una niña sorprendida en una travesura, me llevó de vuelta a la casa; y allí, en medio de una atípica exhibición de ajetreo, observados por un grupo de anonadados sirvientes, nos dirigimos hacia la sala de estar, con mi tío siguiéndonos los talones, deshaciéndose en jadeantes súplicas para que me mantuviese tranquila.

Me sentía terriblemente avergonzada; el pulso golpeaba mis sienes por la conmoción de la caída, la herida del pie me sangraba, mi corazón latía violentamente, y cuando el doctor me depositó en un diván, la crisis —usando terminología bélica— estalló, pues mi tío se inclinó sobre mí con esta extraña pregunta:

—Mi pobre niña, ¿sabes quién soy?

Un impulso irresistible me obligó a apartarlo de mí de un empujón, gritando apasionadamente:

—Sí, lo sé y lo odio; ¡déjeme salir de aquí! ¡Déjeme ir, o será demasiado tarde! —Entonces, agotada hasta el extremo por las encontradas emociones de la última hora, y por primera vez en mi vida, perdí el conocimiento.

Cuando recuperé la consciencia me hallaba en mi propia alcoba, con mi tío, el doctor Karnac, Janet y la señora Best —el ama de llaves— reunidos a mi alrededor; esta última no paraba de parlotear mientras frotaba mis sienes:

—Es en verdad un triste espectáculo: la pobre, tan joven, tan hermosa y tan desafortunada. ¿Alguna vez la viste así antes, Janet?

—¡Bendito sea, no, señora!; no vi indicio alguno de semejante rabieta cuando la ayudé a vestirse para la cena.

«¿Qué querrán decir con eso? ¿Acaso nunca habían visto a nadie furioso?», me pregunté torpemente; y al poco, a través del estupor que me había sostenido (y que ya empezaba a desvanecerse), la voz profunda del doctor Karnac me llegó clara y nítida, diciendo:

—Si esto continúa, estará usted perfectamente legitimado para hacer lo que me propone.

—¿Hacer qué? —pregunté bruscamente, pues el sonido me espabiló y me irritó al mismo tiempo, haciéndome detestar intensamente a aquel hombre.

—Nada, querida, nada —ronroneó la señora Best, sujetándome mientras yo trataba de incorporarme, débil y aturdida como me sentía, pero resuelta a descubrir lo que se estaba cocinando allí.

Yo era en verdad un «triste espectáculo»: mi cabello empapado colgaba sobre mis hombros; mi vestido estaba salpicado de barro; mi pie descalzo estaba cubierto de sangre seca, y el otro, aun calzado, lo estaba de lodo; un rostro exangüe, con los ojos desorbitados, completaba la imagen ruinosa que el espejo frente a mí devolvía. Cuanto me rodeaba se me antojaba extraño e impreciso, y una agitación febril se apoderó de mí, pues no era alguien que cediera fácilmente tras una tormenta mental como aquélla. Recostada sobre mis codos, examiné la habitación y a sus ocupantes con toda la compostura que fui capaz de reunir: las dos mujeres me miraban con una mezcla de curiosidad y compasión; el doctor Karnac me observaba furtivamente mientras escuchaba a mi tío, que le hablaba rápidamente en español, al tiempo que le mostraba una pequeña cicatriz en su mano. Aquella visión hizo más por mi restablecimiento que el cordial recién administrado, y me incorporé exclamando bruscamente:

—¡Todo el mundo fuera de mi habitación, por favor!; me duele la cabeza y deseo estar sola.

—Deje que Janet se quede para ayudarla, querida; no est{ en condiciones de —empezó a decir la señora Best; pero la detuve rotundamente.

—No, váyase usted y llévesela a ella también; estoy cansada de tanto revuelo por cosas tan tontas como un espejo roto y una rabieta infantil.

—En cualquier caso, sea tan amable de tomarse este bebedizo tranquilizante antes de que me vaya, señorita Sybil.

—No haré nada por el estilo, pues lo único que necesito es soledad y sueño para sentirme perfectamente bien —y dicho esto vacié en el fuego el vaso que el médico me tendía. Este se encogió de hombros con una sonrisa desagradable, y en silencio se dispuso a preparar un nuevo bebedizo; al cabo dijo:

—Se equivoca usted, mi querida señorita; usted precisa de muchos cuidados, y debe obedecer a su médico, para ahorrarle a su tío nuevos motivos para el nerviosismo y la ansiedad.

Mi paciencia se desbordó ante aquella gratuita asunción de autoridad y decidí manejar la situación con mano firme, pues todos los presentes me miraban de un modo que me pareció el colmo de la curiosidad y la impertinencia.

—¡Él no es mi tío! ¡Nunca lo ha sido, y no merece de mí ni afecto ni obediencia! Yo soy el mejor juez de mi propia salud, y ustedes no la están mejorando con este innecesario alboroto ni llevándome la contraria. Se encuentra usted en mi casa, doctor Karnac, por lo tanto, hágame el favor de salir de ella; esta es mi habitación, e insisto en que me dejen a solas inmediatamente.

Señalé la puerta mientras hablaba: las mujeres se apresuraron a salir con el rostro alterado; el médico me dedicó una reverencia y las siguió, pero se detuvo en el umbral, mientras mi tío se acercaba a mí para, en tono inaudible para los que aguardaban alrededor de la puerta, preguntarme:

—¿Persistes aún en tu negativa, Sybil?

—¿Cómo se atreve a preguntarme eso de nuevo? ¡Le aseguro que preferiría morir a casarme con usted!

—¡Que el Señor tenga piedad de nosotros! ¡Pues no sale ahora la señorita con no sé qué sobre casarse con el señor! ¿No es algo horrible, Jane? —exclamó la señora Best, meneando su cabeza antes de echar una última ojeada.

—¡Cierre la boca, criatura impertinente! —grité; y el alma vieja y gorda se alejó con una prisa tan cómica, que me reí a pesar de mi debilidad y aflicción.

Mi tío me dejó también, y al pasar junto al

galeno, escuché cómo le decía:

—Ya ve usted cómo está.

—Nada fuera de lo común; pero esa virulencia es un mal síntoma —respondió en español, y tras cerrar la puerta, echó la llave que había retirado diestramente del interior.

Nunca me había visto sometida a restricción de ningún tipo, y aquello me volvió al punto imprudente, pues semejante indignidad no podía ser consentida.

—¡Abran esta puerta de inmediato! —ordené, golpeándola.

Nadie respondió a mis requerimientos, y después de algunos intentos infructuosos de forzar la cerradura, lo dejé estar, levanté la hoja de la ventana y me asomé al exterior; el suelo estaba demasiado lejos para dar un salto, pero el enrejado, al que la hiedra trepadora se había aferrado, era fuerte y alto; un paso me pondría sobre él, y un momento de agilidad me llevaría hasta la terraza más abajo. En ese momento, me encontraba en el estado propicio para intentar cualquier hazaña precipitada, pues el cordial me había fortalecido y excitado al mismo tiempo; tenía vendado mi pie herido, y mis ropas estaban húmedas aún; mas no sufriría ningún nuevo daño si me conducía con precaución, y acabaría saliéndome con la mía por un pequeño coste. A horcajadas sobre el alféizar atravesé el hueco, me fui descolgando con cuidado por el enrejado, y una vez en tierra, me dirigí al pabellón, como tenía previsto en un principio. Pero Guy no se encontraba allí; de regreso a casa, entré con valentía por la puerta principal, y fui directamente al gabinete donde mi tío y el doctor estaban reunidos.

—Deseo la llave de mi alcoba —fue mi breve petición. Ambos se sobresaltaron, como si se les hubiese aparecido un espectro, y mi tío exclamó:

—¡Tú aquí! ¿Cómo, en nombre del cielo, has abandonado tus habitaciones?

—Por la ventana. No soy una niña a la que puede encerrarse por un ataque de ira. No me someteré a ello; mañana iré a ver a *madame*, hasta entonces seré dueña de mi propia casa. Deme la llave, señor.

—¿Lo hago? —preguntó el doctor a mi tío; este asintió con un susurro:

—Sí, sí; no conviene que se excite de nuevo.

La llave me fue devuelta, y sin decir una sola palabra, me retiré a mis aposentos con gesto orgulloso, encerrándome yo misma; allí pasé una noche inquieta y miserable como pocas. Cuando llegó la mañana, hice que me trajeran el desayuno a la cama, y a continuación me ocupé en preparar mi equipaje, quemar papeles y reunir cuantas nimiedades me había dado Guy. Nadie me molestó, y del servicio tan solo me crucé con Janet, que evidentemente había recibido órdenes concretas de mantenerse en silencio y respetuosa conmigo, aunque su rostro aún delataba la misma curiosidad y compasivo interés que la noche anterior. El almuerzo me fue servido también en mis habitaciones, pero no pude probar bocado, y empecé a sentir que el desamparo, la caída y la emoción de la noche me habían dejado débil y nerviosa, por lo que aplacé mis planes de ir a ver a *madame* hasta el día siguiente; y mientras la tarde se desvanecía, traté de dormir, pero no resultó posible, pues habiendo enviado una nota a todas las guaridas de Guy conocidas por mí, implorándole que se viera conmigo, mi mensajero me había informado de que no se encontraba en ninguna de ellas, y mi corazón estaba demasiado apesadumbrado para poder descansar.

Cuando me fue anunciada la cena, me negué en rotundo a bajar, pues escuché la voz del doctor Karnac, y no deseaba encontrarme con aquel sujeto; así que ordené anunciar que necesitaba el carruaje temprano a la mañana siguiente, y que me dejaran a solas hasta entonces. En unos pocos minutos, regresó Janet con una copa de vino en una bandeja de plata, y una tarjeta con estas palabras:

«Perdona y olvida, por el amor de tu padre, y bebe conmigo: "Destierra el pasado de tu corazón"».

Aquello me llegó al alma y me aplacó no poco; pues conociendo bien el carácter orgulloso de mi tío, vi en ello toda una renuncia a las esperanzas que de forma tan irreflexiva había yo alimentado en su mente. Yo era apasionada, pero no vengativa. Él había sido amable conmigo, y yo se lo pagué con terquedad y desconfianza. Su error fue natural, y mi resentimiento muy poco generoso. Aunque mi decisión de marcharme se mantuvo inalterable, estaba arrepentida por mi parte de responsabilidad en el asunto; y recordando que por mi culpa su hijo estaba perdido para él, acepté sus disculpas, correspondí a su brindis y le envié como respuesta un respetuoso «buenas noches».

Yo no acostumbraba a beber vino, y aquel caldo era ciertamente añejo y generoso, y aunque cálido y chispeante en el paladar, resultó demasiado fuerte para mí. Sentada aún delante de la chimenea de mi habitación, fui poco a poco cayendo en un inquieto sopor, atormentada por un sueño muy vago en el que yo buscaba a

Guy en un barco, cuyo movimiento me arrullaba gradualmente hasta sumirme en una inconsciencia completa.

Arrebatada al fin a aquel sueño sin sueños que me retenía, me sorprendió encontrarme en la cama, con el brillo de la luz diurna espiando a través de las cortinas. Recordando que había decidido salir temprano esa mañana, me levanté de un salto, di un paso, y en eso me sentí traspasada por un sentimiento de horror: ¡pues aquella habitación no era la mía! Cada objeto sobre el que se posaban mis ojos resultaba totalmente desconocido para mí; la pieza era pequeña, modestamente amueblada y mal ventilada, y parecía no haber sido usada desde hacía mucho tiempo. Mis baúles de viaje estaban apilados contra la pared, mi ropa yacía encima de una silla, y sobre la cama que acababa de dejar, descansaba una capa forrada de piel que a menudo había visto en los hombros de mi tío. Durante un momento miré a mi alrededor desconcertada; al cabo corrí hacia la ventana , ¡estaba enrejada!

Una superficie cubierta de una hierba rala y menuda, marchita y empapada, se extendía afuera, y una línea de sombríos abetos ocultaba el paisaje más allá del alto muro que circundaba el lúgubre solar. Cada vez más alarmada, volé hasta la puerta y la encontré cerrada con llave. Ninguna campana de llamada era visible allí, ni en los alrededores era audible ningún sonido, ni se dejaba sentir presencia humana alguna; un ominoso presentimiento me estremeció de frío a través de los nervios y la sangre, pues, por primera vez en mi vida, sentí la paralizante caricia del miedo. No duró mucho tiempo, empero; mi valor congénito regresó pronto, el terror cedió su lugar a la indignación y la excitación me prestó nuevas fuerzas. Mis sienes palpitaban con un dolor sordo, mis ojos estaban cargados de sueño, mis miembros aletargados por una insólita languidez, y mi memoria parecía extrañamente confusa; pero una cosa estaba clara para mí, era preciso ver a alguien, hacerle preguntas, exigirle explicaciones y escapar luego de allí para ver a *madame* sin demora.

Fui vistiéndome con manos temblorosas hasta que, de pronto, me detuve con un grito; porque, habiéndome llevado las manos a la cabeza, descubrí que mi pelo, mi hermosa y abundante cabellera, ¡había desaparecido! Aquel cuarto carecía de espejos o superficies reflectantes, pero el tacto me dijo que había sido cortado alrededor de la cara y a la altura de la nuca. Aquel atropello era más de lo que estaba dispuesta a soportar, y las primeras lágrimas que derramé cayeron lamentando mi encanto perdido. Tal vez se tratase de una muestra de debilidad, pero me sentí mejor tras ello, con la mente más despejada y más dispuesta a enfrentarme con lo que pudiera depararme el destino. Golpeé la puerta y llamé. A continuación, perdida la paciencia, la aporreé y grité; pero nadie acudió ni contestó, y, cansada al fin, me senté y lloré de nuevo, estremecida en mi impotente desesperación.

Transcurrió alrededor de una hora, y al cabo escuché unos pasos aproximándose en el exterior; una llave giró en la cerradura y una mujer de duras facciones, con una bandeja en la mano, entró en la habitación. Yo había decidido ser paciente —hasta donde fuera posible—, y aunque mis ojos chispeaban, y mi voz temblaba con resentimiento, me controlé lo suficiente para preguntar en voz baja:

—¿Dónde me encuentro y por qué estoy

aquí en contra de mi voluntad?

—Aquí tiene su desayuno, señorita; debe de estar terriblemente hambrienta —fue la única respuesta que obtuve.

—No volveré a comer hasta que me diga lo quiero saber.

—¿Permanecerá en silencio y me obedecerá si lo hago, señorita?

—Usted no tiene derecho a exigirme obediencia, pero lo intentaré.

—Eso está mejor. Ahora cuanto sé es que se halla a veinte millas de los páramos, y que vino aquí porque está enferma. ¿Le gusta el café con azúcar?

—¿Cuándo fue eso? No lo recuerdo.

—Esta mañana temprano; no se acuerda porque la pusieron a dormir antes de traerla para evitar problemas.

—¡Ah, ese vino! ¿Quién me trajo aquí?

—El doctor Karnac, señorita.

—¿Él solo?

—Sí, señorita; era usted más fácil de manejar dormida que despierta, eso fue lo que él dijo.

Sacudí la cabeza embargada por la ira, aunque me contuve, con la esperanza de desentrañar el misterio de aquel viaje nocturno.

—Por favor, ¿cuál es su nombre? —pregunté tímidamente.

—Puede llamarme Hannah.

—Bien, Hannah, hay un tremendo error en alguna parte. Yo no estoy enferma (ya ve que no lo estoy) y deseo marcharme enseguida, para encontrarme con un amigo con el que debo reunirme hoy. Consígame un coche y haga que saquen mi equipaje, por favor.

—Eso no es posible, señorita. Estamos a una milla del pueblo más cercano, y no tenemos carruajes aquí; además, no podría irse aunque tuviéramos una docena de ellos. He recibido órdenes concretas, y las obedeceré.

—¡Pero el doctor Karnac no tiene derecho a traerme ni a retenerme aquí!

—Su tío la envió. El médico la tiene a usted bajo su custodia, y eso es todo lo que sé al respecto. Ya he cumplido mi promesa, señorita, ¿mantendrá la suya y tomará su desayuno?, de lo contrario no podré volver a confiar en usted.

—Pero ¿qué es lo que me está ocurriendo? ¿Cómo puedo estar enferma y no saberlo ni sentirlo? —pregunté, cada vez más desconcertada.

—Usted parece estarlo, y eso es suficiente para ellos, que son sabios en tales materias. Habría cogido unas fiebres si no la hubieran tratado a tiempo.

—¿Quién me cortó el cabello?

—Yo lo hice; el doctor lo ordenó.

—¿Cómo se atrevió? ¡Odio a ese hombre y nunca lo obedeceré!

—Silencio, señorita, no se haga mala sangre y mírelo de otro modo, pues deberé contarle a él cuanto usted dice y hace, y no será agradable transmitirle este tipo de cosas.

La mujer, fría y sombría como era, se conducía de manera cortés y considerada; sus ojos, empero, me miraban con indiferencia, y el tono que empleaba conmigo era el que se acostumbra a usar con un niño rebelde: suave e imperativo a partes iguales. Desarrollé de inmediato una gran aversión hacia ella y decidí escapar de allí a toda costa, pues los inexplicables movimientos de mi tío me llenaron de alarma. Hannah había dejado entornada la puerta de mi celda; una rápida mirada a través del hueco me mostró otra puerta —también entreabierta— al final de un amplio corredor, un atisbo de vegetación, y finalmente una verja. Mi plan era desesperadamente simple, y lo ejecuté sin demora. Afectando interés por los alimentos servidos, no tardé en preguntar a la mujer por mi pañuelo, que yacía sobre el camastro. Ella cruzó la habitación para cogerlo, y en eso me precipité fuera del cuarto, corrí por el pasillo adelante, atravesé el paseo del jardín y tiré con fuerza del gran cerrojo de la verja, pero también estaba cerrada con llave. Desesperada, me interné en el jardín, pero un alto muro lo rodeaba por todas partes, y mientras yo corría dando vueltas y más vueltas, buscando en vano alguna salida, vi a Hannah, acompañada de un hombre tan gris y sombrío como ella misma, avanzando tranquilamente hacia mí, sin apariencia de excitación o desagrado. No estaba dispuesta a dejar que me encerrasen de nuevo, e inspirada por una repentina esperanza, me aupé a uno de los abetos que crecían casi pegados al muro. Las ramas crujían bajo mi peso, y el delgado árbol se balanceaba peligrosamente, pero yo seguí luchando por ganar altura, hasta que por fin logré alcanzar la ancha albardilla que coronaba el muro. Allí me detuve y miré hacia abajo. La mujer se apresuraba a través de la verja para interceptar mi descenso por el otro lado, y a pocos pies a mi espalda, el hombre me conminaba severamente a retroceder. Miré de nuevo hacia el suelo; una acequia de piedra discurría al pie del muro, pero preferí arriesgar mi vida a perder mansamente mi libertad, e imprimiendo cierto vuelo a mi salto, intenté rebasar la zanja ¡Fracasé!; caí pesadamente entre las piedras, sentí un horrible crujido, y de seguido me precipité en un absoluto vacío blanco.

Durante muchas semanas yací postrada en un lecho extraño, ardiendo de fiebre, consciente a ratos de la presencia del doctor Karnac y de la mujer; una vez incluso, me pareció ver a mi tío, aunque nunca estuve segura de ello. Me levanté al fin sintiéndome como una sombra de mi antiguo ser, patéticamente rota, tanto mental como físicamente. Ocupaba entonces una habitación mejor; los gélidos vientos invernales aullaban en el exterior, pero un generoso fuego resplandecía detrás de un alto guardafuegos cerrado, y una pila de libros descansaba sobre la mesa.

No vi a nadie salvo a Hannah, aunque no pude extraer de ella ninguna información, más allá de lo que ya me había dicho; por otro lado, ninguna señal que me indicase que alguien se interesaba por mí me llegó del mundo exterior. Me sentía desolada y abandonada por todos; con mi libertad perdida, acaso para el resto de mis días, mi espíritu acabó por quebrarse, mis fuerzas me abandonaron y por un tiempo sucumbí a la desesperación, dejando que un día sucediese a otro sin energía ni esperanza. Es duro vivir sin un fin que le dé un sentido a la existencia, especialmente para quienes están aún bendecidos por la juventud, e incluso en la soledad de mi prisión pronto hallé un objeto en consonancia con el misterio que me envolvía.

En ocasiones, cuando me sentaba a leer durante el día, o yacía desvelada en mi lecho por la noche, oía al ocupante de la habitación de arriba: un compañero de reclusión de quien nada sabía. Debía de tratarse de una persona insólita, pues hora tras hora resonaban sus pasos yendo de un extremo a otro, en una marcha incansable que pesaba sobre mis nervios como no lo habría hecho ningún otro sonido más desagradable. Era inútil demandar o sonsacar a Hannah cualquier explicación sobre aquella cuestión, y día tras día lo sufría, hasta el extremo de cubrir mis oídos e implorar al desconocido caminante que, por el amor de Dios, se detuviera. Percibí también otros sonidos que me inquietaron: un murmullo monótono, como de alguien canturreando una nana; un golpeteo irregular, como de una cuna mecida sobre un entarimado sin alfombrar; y en raras ocasiones gritos de sufrimiento, agudos pero breves, como si fueran reprimidos por la fuerza. Estos ruidos, combinados con mi forzada soledad, la incomunicación y el desamparo, y la lectura de ciertos libros —varias colecciones de cuentos de aparecidos y fantasías extravagantes—, me pusieron pronto en un terrible estado de irritabilidad, erosionando mi salud tan visiblemente, que al fin se me permitió dejar mi habitación de vez en cuando.

El caserón estaba tan bien guardado que pronto abandoné toda esperanza de escapar de él, y en medio de una triste indiferencia, me entretuve vagando a través de un laberinto de estancias sin amueblar y salas llenas de ecos, aventurándome rara vez en los dominios de Hannah; pues era allí donde su marido se sentaba, rodeado de materiales de laboratorio e instrumentos químicos, a estudiar y manipular el contenido de cristalizadores y retortas de vidrio. Él nunca me habló; yo, por mi parte, temía por encima de todo la mirada de sus ojos fríos, pues la capa helada que los cubría no tembló jamás conmovida por un rayo de piedad hacia la frágil figura, que a veces se detenía un momento ante su umbral, lívida y desvaída como el fantasma de mi extinta esperanza.

El principal interés de estos infelices paseos residía en la puerta de la misteriosa habitación que se hallaba justo encima de la mía, pues un gran perro yacía siempre ante ella; como si del mítico Cancerbero se tratase, rechazaba con feroces miradas cualquier avance mío en esa dirección, acompañadas de agudos ladridos, si osaba acercarme demasiado. Ni que decir tiene que aquella custodiada estancia ejercía sobre mí una intensa fascinación. Era incapaz de mantenerme alejada de ella durante el día, y, por la noche, se hallaba también presente en mis sueños; me tenía embrujada todo el tiempo, y pronto se convirtió en una especie de monomanía que yo condenaba, pero que era incapaz de controlar, hasta que al final acabé yo misma yendo y viniendo a imitación de aquellos pies invisibles que paseaban sobre mi cabeza. Hannah apareció y me detuvo, y unas horas más tarde se unió a ella el doctor Karnac. Tan cambiada estaba yo a esas alturas, que lo temía con un terror pánico. Él parecía disfrutar con ello, pues, poseída del orgullo de la juventud y la belleza, me había visto despreciando y desafiando a mi tío, y obtenía una satisfacción nada piadosa mortificándome con sus demostraciones de poder. Nunca se dignó responder a mis preguntas o atender mis ruegos, limitándose a tratarme como a un ser sin juicio ni voluntad, insistiendo en ensayar conmigo diversas mezclas y dietas experimentales, dándome libros extraños para leer y recibiendo cada semana, puntualmente, el informe de mi carcelera de cuanto me concernía. Ese día llegó, me miró y le dijo a Hannah:

—Déjala que pasee —y se marchó, con esa odiosa sonrisa suya en los labios.

Poco después de esto empecé a caminar mientras dormía, y más de una vez desperté para encontrarme vagando descalza y sin palmatoria, a través de aquella casa embrujada en la oscuridad de la noche. Traté de ocultar cuanto pude estos paseos nocturnos en estado de sonambulismo, pero un abominable evento puso fin a los mismos, quedando al descubierto para Hannah.

Cierto día seguí los pasos de la habitación superior durante varias horas, caminando abajo mientras el desconocido ocupante lo hacía arriba; había poblado aquel cuarto misterioso con cada sombra funesta que mi imaginación trastornada pudo conjurar, tejiendo trágicos romances al respecto, y rumiaba constantemente sobre el único objeto de interés que mi vida antinatural poseía, con la intensidad de una mente a merced de una secreta influencia que la socavaba con peligrosa rapidez. Desperté a medianoche, y me hallé plantada sobre una mancha blanca de fulgor lunar, frente a la puerta cuyo umbral nunca había podido cruzar. La noche de abril era cálida, y uno de los paneles de vidrio en lo alto de aquella puerta cerrada estaba echado a un lado para que corriese el aire; y mientras permanecía allí, apelando a mis sentidos ebrios de sueño, vi surgir una mano blanca y espectral que me hacía señas, como si quisiera atraerme. Aquello me sobresaltó y terminó de despertarme, arrancándome una débil exclamación y provocando un violento estremecimiento que me recorrió de pies a cabeza. Una nube ocultó súbitamente la luna, y cuando aquélla pasó, la mano había desaparecido; pero claramente audible a través de la cerradura, me llegó un susurro que me heló hasta el tuétano de los huesos, tan patética e inequívocamente implorante sonaba:

—¡Encuéntralo! ¡Por el amor de Dios, encuéntralo antes de que sea demasiado tarde!

El perro se levantó de golpe con un gruñido de enojo; oí a Hannah abandonar su lecho no muy lejos de allí, e inspirada sin duda por la alucinante anormalidad de la situación, empecé a pasearme lentamente con los ojos muy abiertos y los labios entornados, como le viera hacer a Amina4 en los días felices, cuando la amable y anciana *madame* me llevaba al teatro, cuyos horrores fingidos nunca pensé ver igualados por otros tan reales como los vividos entonces. Hannah apareció en el umbral de su puerta sujetando una vela, pero yo continué tal cual, sumida en una crisis de pánico; pues tan solo el ansia ciega de huir del susurro y la mano de ultratumba evitaba que cayese desmayada al suelo. Pasando junto a Hannah me alejé de allí. Ella me siguió todo el camino hasta mi alcoba; y, mientras me acostaba lentamente en mi cama, oí cómo le decía a su marido, que llegó justo a continuación:

—No es nada, John, por lo visto la señorita camina en sueños Tal y como predijo el doctor, va a peor. Se calmará dentro de poco, como *la otra*, de eso no hay duda; pero de ahora en adelante debemos encerrarla con llave por la noche, de lo contrario, el perro hará con ella una escabechina.

El hombre bostezó y gruñó, y al cabo se marcharon ambos, dejándome frente a frente con horas de indecible sufrimiento, que avejentaron mi aspecto más de lo que habría de hacerlo el paso de los años. ¿Qué debía yo encontrar? ¿Dónde se suponía que debía buscar? ¿Y cuándo sería ya demasiado tarde? Estas preguntas, resonando sin cesar en mi cabeza, me atormentaban; pues no podía intuir su significado, ni hallar respuesta alguna para ellas, ni indicio que me indicase el curso a seguir. ¿Por qué me encontraba allí? ¿Qué fue lo que indujo a mi tío a tomar esta medida? ¿Y cuándo sería liberada si es que tal cosa ocurría algún día? Eran preguntas igualmente incontestables e igualmente atormentadoras, pues me frecuentaban como fantasmas, y no tenía poder para exorcizarlas o ignorarlas. Después de aquel incidente no volví a pasear sonámbula, por la sencilla razón de que nunca más dormí; el sueño parecía haber huido espantado de mi lecho, y los sueños vigiles me acosaban con sus terrores. Noche tras noche recorría una y otra vez, en la más absoluta oscuridad —pues no se me permitía lámpara alguna—, toda la extensión de mi habitación; noche tras noche lloraba lágrimas amargas, arrancadas en silencio por una angustia para la cual yo no tenía nombre; y noche tras noche los pasos marcaban el compás de mi desesperación, y la apagada canción de cuna alcanzaba mis oídos, como si quisiera calmarme y consolarme en mi zozobra. Sentía cómo mi salud se deterioraba, cómo mi mente se volvía cada vez más débil y confusa, y mis pensamientos vagaban sin norte alguno; la memoria comenzaba a fallarme, y la idiocia o la demencia parecía perfilarse como un destino inevitable; mas a pesar de todo mi corazón se aferraba al recuerdo de Guy, anhelándolo con un ansia que nada podría aplacar.

En algunas raras ocasiones se me permitió pasear por el descuidado jardín, donde ninguna flor se abría y ni un solo pájaro se posaba para cantar; en estos vagabundeos no tenía más compañía que la del hosco y huraño John, quien me seguía con un libro o con su pipa, parándose cuando yo me detenía, caminando cuando yo lo hacía, y manteniendo constantemente un ojo vigilante sobre mí; sin embargo, pocas veces hablaba, salvo para negarse a responder mis preguntas. Estos paseos no me hicieron ningún bien, pues estando la casa situada junto a un lago medio seco, con las colinas alzándose en derredor, los vapores del marjal hacían que el aire fuera húmedo y malsano. Ni los vientos frescos del páramo tierra adentro, ni los salinos del océano distante, atravesaron jamás aquel estrecho valle; ninguna criatura humana visitó el lugar, y nada más que la vaga esperanza de que mi cumpleaños pudiese traer algún cambio, o un poco de ayuda, me sostenía. Y en efecto la trajo, pero de un tipo tan inesperado, que sus efectos permanecieron inalterados durante el resto de mi vida. El día de mi cumpleaños llegó, y con él, mi tío. Me encontraba en mi habitación, caminando sin descanso —pues para entonces el hábito había arraigado en mi ánimo—, cuando la puerta se abrió, y Hannah, el doctor Karnac, mi tío y un caballero a quien reconocí como su abogado entraron y me examinaron como si yo fuese alguna clase de fenómeno. Vi a mi tío sobresaltarse y palidecer ante el espectáculo ofrecido por mí; yo no había visto mi imagen reflejada en un espejo desde el inicio de mi encierro, pero, de no haber intuido ya que no quedaba más que una melancólica ruina de mi antiguo ser, debería haberlo constatado entonces, cuando el dolor y el remordimiento suavizaron de súbito el cruel semblante, aunque sólo fuera por un instante. La mirada del doctor Karnac ejercía sobre mí una especie de influencia magnética; yo siempre lo había sentido, pero en el estado de debilidad en el que me debatía, la temía y la sufría, aunque me sometía a ella con una temerosa impotencia que debería haber tocado su corazón; sus ojos estaban clavados en mí entonces, y no pudiendo resistirme a ellos, permanecí inmovilizada y fascinada por aquella repugnante aunque potente mirada. Hannah señaló la alfombra, gastada hasta la urdimbre por mi incansable marcha; luego, las paredes, que yo había cubierto con figuras extrañas, grotescas o trágicas, para entretener las horas de plomo; y por último me señaló a mí, muda, inmóvil y asustada, diciendo al tiempo, como insistiendo en alguna afirmación anterior:

—Ya lo ven, caballeros, ella está, como ya les he dicho, tranquila, pero dominada por la desesperación, más allá de toda cura.

Pensando que ella intercedería por mí, y sobreponiéndome al desconcierto y al miedo que me atenazaban, extendí mis manos hacia ellos, exclamando con un grito implorante:

—¡En efecto, estoy tranquila! ¡Y sí, también estoy desesperada! ¡Oh, tengan compasión de mí, antes de que esta vida terrible me mate o me vuelva loca!

Frunciendo el ceño, el doctor Karnac se acercó a mí enseguida, lo cual sólo yo podía verlo; lo esquivé ágilmente y, sin dejar de llorar frenéticamente, me aferré a Hannah, pues me parecía que en ella residía mi única esperanza.

—¡Déjeme marchar, tío! Le entregaré todo lo que tengo, jamás le preguntaré por Guy, seré obediente y sumisa si me permite volver con *madame* ¡Oh, no quiero volver a escuchar los pasos otra vez, ni contemplar esas visiones que me espantaron en aquella terrible habitación! ¡Sáqueme de aquí! ¡Por el amor de Dios, sáqueme de aquí!

Mi tío no contestó; por el contrario, cubrió su rostro con un gesto de abatimiento y abandonó la estancia a toda prisa; el abogado lo siguió a continuación, murmurando lastimosamente:

—¡Pobrecita , pobrecita!

Profiriendo la única carcajada que le oí jamás, el doctor Karnac arrancó a Hannah de mis manos y me encerró de nuevo a solas. Y en ese preciso instante, ante el cadáver de mi última esperanza, decidí que antes que soportar aquel tormento un mes más, me quitaría la vida; pues estuvo claro para mí entonces que ellos me creían loca, y la muerte del cuerpo era preferible para mí a la de la voluntad. Creo, sin embargo, que mi mente sí estaba trastornada en aquel momento, aunque recuerdo muy bien la sensación de paz que me embargó mientras arrancaba tiras de mi ropa, las trenzaba formando un cordón, escondía este bajo el colchón y aguardaba la llegada de la noche. Sentada en el último crepúsculo que pensaba ver en este mundo cruel, caí en la cuenta de que no había escuchado los pasos en todo el día, y me tendí a reflexionar sobre aquella extraordinaria ausencia. Pero, siendo así que los pasos se habían mantenido en silencio en el cuarto de arriba, las voces no lo hicieron, pues pude oír al menos dos, trenzándose en un murmullo continuo. El tono de una de ellas era abrupto y quebrado, y el de la otra bajo aunque resonante; y esta última voz, estaba segura de ello, pertenecía a mi tío. ¿Con quién hablaba él? ¿De qué desconocido asunto trataban? ¿Lo sabría yo algún día? E incluso entonces, ante las mismas puertas de la muerte, el intenso deseo de penetrar aquel secreto me colmó con su vieja inquietud.

Cayó la noche por fin; oí dar una campanada al reloj, y, agudizando el oído para descubrir si John andaba aún por ahí, me llegó, a través del profundo silencio, un chirrido procedente de la habitación de arriba; un sonido furtivo que no habría sido advertido por sentidos menos preternaturalmente alertados que los míos. Presto como un relámpago me vino en mientes este pensamiento: «Alguien está limando unos barrotes o forzando una cerradura; ¿se acordará de mí el desconocido, y me permitirá compartir con él su huida?». El lazo fatal colgaba listo del techo, pero ya no me tentaba la idea de utilizarlo, pues la esperanza había acudido a mí para reactivar el valor y la fuerza que ya daba por perdidos. Escuché con el aliento contenido; el chirrido continuó un momento más, se detuvo al cabo y reinó un silencio sepulcral. De pronto, algo rozó contra mi puerta y, con una brusquedad que me provocó un intenso hormigueo de pies a cabeza —como una descarga eléctrica—, me llegó de nuevo, a través del ojo de la cerradura, ese susurro urgente, implorante y misterioso:

—¡Encuéntralo! ¡Por el amor de Dios, encuéntralo antes de que sea demasiado tarde! —Y a continuación, más débiles, como cortas de resuello, llegaron estas palabras quebradas—: El perro , un mechón de pelo; aún hay tiempo.

La vehemencia hizo que olvidara la reserva que debía guardar, y grité en voz alta:

—¿Qué debo encontrar? ¿Dónde he de buscarlo?

Mi voz, agudizada por el miedo, resonó con estridencia a través de la casa. No tardé en oír las rápidas pisadas de Hannah, apresurándose por el corredor. Algo cayó al suelo; y en eso, vigoroso y sostenido, se elevó un grito que hizo que mi corazón se detuviese por un instante; tan indefenso, tan desesperado sonó el lúgubre lamento. Habiéndola puesto de manifiesto, no podía ya salvar o consolar al alma caritativa que, por mi culpa, había perdido su oportunidad de ser libre. Ansiosa como estaba por abandonar mi encierro, aporreé la puerta en un paroxismo de ira exaltada, pero nadie respondió; los horribles gritos comenzaron arriba y continuaron durante toda la noche: alaridos de angustia mortal, como si el alma y el cuerpo estuvieran siendo partidas en dos. Hasta la madrugada me mantuve a la escucha, confinada en aquella celda que ahora albergaba un terror añadido; hasta el alba llamé, lloré e imploré, con una mezcla de piedad, miedo y contrición y hasta el amanecer la agonía de aquel desconocido sufridor continuó sin descanso. Oí a John apresurándose de aquí para allá, y a Hannah dar órdenes con un acento de humana simpatía en su voz áspera; oí al doctor Karnac pasar y volver a pasar junto a mi puerta, y todos los sonidos posibles de confusión y alarma, en una casa de ordinario tranquila. Con la luz del día todo quedó en silencio; una quietud más terrible aún que el tumulto precedente, pues cayó tan súbitamente, y permaneció tan sólidamente intacta, que no parecía haber ninguna explicación para ella más que la temida palabra «muerte».

Al mediodía, Hannah —una pálida sombra de mi carcelera, aunque tan tétrica como siempre— me trajo algo de comida, disculpándose por haberse olvidado de mi desayuno; y cuando me negué a comer, aunque no hice ninguna pregunta, me dijo que no me preocupase por la agitación de la pasada noche, y me recomendó salir a pasear al jardín. Así lo hice —aunque dando un discreto rodeo— y, al pasar por el corredor del piso superior, miré furtivamente hacia la puerta que nunca veía sin un estremecimiento; pero, en aquella ocasión, experimenté una sensación nueva, pues el perro guardián no se encontraba allí. La puerta estaba abierta, y, espoleada por un impulso incontrolable, me deslicé hasta el interior y miré a mi alrededor. Era una habitación similar a la mía: con la alfombra gastada como la mía, con las ventanas enrejadas como la mía Mas ahí acababa el parecido, pues una cuna vacía se hallaba junto al lecho; y en esta cama, bajo un cobertor estirado, yacía, rígido y frío, un cuerpo humano sin vida.

Para entonces yo ya estaba acostumbrada al miedo, y alimentado por este, un deseo malsano de experimentar nuevos terrores parecía haberse desarrollado en mi interior: Este irresistible impulso me llevó a acercarme, y me animó a levantar la colcha y mirar debajo —¡un solo vistazo!—; tras lo cual, con un grito de pánico como el que rasgara el silencio de la noche, hui a toda prisa de allí: pues el rostro que vi era una cadavérica réplica del mío. Desfigurado por el sufrimiento, descolorido por la muerte, los rasgos me eran tan familiares como los que yo acostumbraba a ver en mí cuando era libre: el cabello, hermoso y rubio como lo fuera el mío, se derramaba cuan largo era sobre el pecho inerte; y en la mano, crispada aún por su último forcejeo, brillaba una copia exacta del anillo que yo llevaba, un anillo que me legó mi padre. La aterradora idea de que no era otra que yo misma quien yacía allí me sacudió con fuerza; habiendo planeado matarme, y con la indocilidad de una mente trastornada, recordé leyendas de espíritus que regresaban a contemplar sus cuerpos, violentamente abandonados.

Ansiosa entonces por volver a ver el jardín, me apresuré hasta el primer piso, y en el umbral mismo de la puerta del gran vestíbulo, me detuvo la detonación de un arma de fuego; cuando la pequeña nube de humo se disipó, vi a John dejar caer la pistola y acercarse al perro, que yacía retorciéndose sobre la hierba ensangrentada. Movida por la compasión hacia el fiel animal, cuya constante vigilancia fue pagada de forma tan cruel, me acerqué, y arrodillándome junto a él, acaricié la enorme cabeza que nunca antes se rindió a mi tacto. John retomó enseguida su papel de centinela; apoyándose contra un árbol limpió el arma, satisfecho de que yo me entretuviese con la criatura moribunda, que me miró a los ojos con una expresión de patetismo y reproche casi humana. El collar de bronce parecía estrangularlo mientras jadeaba en busca de aire; inclinada sobre él, me acerqué para aflojárselo, y en eso, medio escondido entre su espesa pelambrera negra, vi un rizo dorado firmemente enrollado alrededor del collar, y de un color tan parecido a este, que no habría podido ser descubierto más que tras una inspección minuciosa. Ningún accidente podría haberlo puesto allí; ninguna cabeza salvo la mía en aquella casa poseía un cabello de ese mismo color dorado ¡mas sí, había otra!, y el corazón me dio un vuelco en el pecho, cuando recordé los brillantes bucles que acababa de ver sobre aquel seno inmóvil. «Encuéntralo, el perro, un mechón de pelo; aún hay tiempo»; estas palabras resonaban en mis oídos, y veloz como la luz me llegó la convicción de que la desconocida ayuda había sido hallada por fin. El pequeño mechón estaba fuertemente trenzado, y no tenía a mano ningún objeto cortante; no podía demorarme mucho tiempo, así que acerqué la cabeza fingiendo llorar sobre la pobre bestia y mordí el nudo hasta romperlo; saqué un papel doblado de debajo del mechón, lo escondí en mi mano y, levantándome, paseé tranquilamente de regreso a mi habitación, argumentando que prefería caminar cuando la temperatura fuese más cálida. Con ojos ansiosos examiné mi extraño tesoro. Consistía este en dos tiras de papel muy fino, cubiertas de una escritura menuda, sin firma ni destinatario; una de ellas, con los bordes muy desgastados y teñida con el óxido verde del collar, resultaba casi ilegible; la otra era aparentemente más reciente, aunque su caligrafía era notoriamente más débil. Ambos escritos, toscos e inconexos como eran, resultaron ser terriblemente importantes para mí. Esto es lo que decía el primero:

«A ti que me lees: aunque nunca te he visto ni conozco tu nombre, sé que eres joven, y que estás sufriendo; yo trataré de ayudarte con los escasos medios a mi alcance. Creo que aún no has perdido el juicio, como yo lo pierdo demasiado a menudo, pues tu voz es sana, y tu lastimero canto no es como el mío; asimismo tus *caminatas*, eso espero al menos, sólo son un reflejo de las mías. Yo canto para arrullar a mi bebé, al que nunca vi; ¡camino para reducir en lo posible el largo viaje que ha de llevarme hasta el marido que perdí! ¡Pero basta! Debo dejar de pensar en ello o me olvidaré de cuanto debo decir. Si aún no estás loca, acabarás por estarlo. Sospecho que fuiste encerrada aquí para que así sea, puesto que el aire que respiramos es mefítico, nuestra forzada soledad, perniciosa, y Karnac, implacable en su manía por escudriñar los misterios más recónditos de la mente humana. Qué diablo te envió aquí lo ignoro, pero deseo advertirte, y no se me ocurre otra forma de hacerlo que esta: el perro guardián entra de vez en cuando en mi habitación, y sé que tú a veces paras ante mi puerta e intentas hablar con él; de modo que es posible que des con este papel, que esconderé alrededor de su collar. Léelo y destrúyelo, pero sigue su consejo. Te urjo a que abandones esta casa antes de que sea demasiado tarde para ti".

El otro papel contenía lo siguiente:

«Te he observado, y he intentado decirte dónde buscar, pues no has encontrado mi advertencia aún, aunque a menudo la ato allí y rezo para que lo hagas. Es posible que temas al perro, y por eso mi plan fracasa; pero tus pasos y tu voz inquietos me dicen que estás a punto de alcanzar un estado de infelicidad semejante al mío; pues yo en ocasiones creo volverme loca, y sé que será así hasta el día que me muera. Hoy he visto un rostro familiar; eso parece haberme calmado y fortalecido algo, y, aunque él no podría ayudarte, voy a hacer un intento desesperado. No puedo encontrarme contigo, así que te enviaré mi advertencia con el perro; sin embargo, espero susurrar unas palabras en tu oído desvelado que te devolverán al mundo como la persona feliz que deberías ser. ¡Niña! ¡Mujer! Seas lo que seas, sal de esta casa maldita mientras te queden fuerzas para hacerlo".

Eso era todo; aunque no destruí aquellas notas, obedecí sus indicaciones, y durante toda una semana observé y esperé hasta que llegó el momento propicio. Vi a mi tío, al doctor y a otros dos caballeros más siguiendo en fúnebre cortejo a la desdichada desconocida hasta su tumba junto al lago; los vi partir más tarde a todos salvo al doctor Karnac, y sentí redoblarse en mi interior el desprecio y el odio hacia aquellos vestiglos, capaces de castigar mis desaires infantiles con una pena tan espantosa. El séptimo día, cuando me dirigía al jardín para mi paseo diario, encontré a John y al doctor Karnac tan profundamente concentrados en algún extraño experimento, que pasé inadvertida junto a ellos. Con la esperanza de sacar provecho de aquella inesperada oportunidad, me apresuré escaleras abajo, pero tan solo un instante después caía medio aturdida sobre la hierba; pues detrás de mí se produjo un tremendo estruendo, seguido de un griterío y de una súbita llamarada que brilló y se propagó, despidiendo un vapor maloliente que rodaba hacia el exterior formando nubes de ardiente humo. Conmocionada por el golpe, trataba de recomponer mi ánimo, cuando vi a Hannah salir huyendo de la casa, arrastrando a su marido inconsciente y ensangrentado, con su propio rostro ceniciento de espanto. Dejó caer su carga junto a mí, y con los labios exangües y buscando en vano una ayuda donde no podía haberla, me dijo:

—¡Algo que estaban preparando en el laboratorio ha explotado; el doctor ha muerto y la casa está en llamas! Cuida de John hasta que consiga auxilio, ¡si lo abandonas, lo harás bajo tu propia responsabilidad! —A continuación, abriendo de golpe la verja, se alejó corriendo por la carretera.

«¡He aquí mi oportunidad!», pensé, y aguardando tan sólo a que ella desapareciese de mi vista, seguí atrevidamente su ejemplo, corriendo rápidamente por la carretera en sentido opuesto, con la cabeza despreocupadamente al descubierto y mis extremidades temblando, con el único propósito de dejar aquel espantoso manicomio muy lejos a mi espalda. Durante varias horas me apresuré a lo largo del camino solitario; brillaba un sol de primavera, los pájaros cantaban en los setos florecientes, y verdes rincones me invitaban a hacer una pausa y descansar; pero sin prestar atención a nada de cuanto me rodeaba, continué ininterrumpidamente mi huida hasta que, agotada y con los pies doloridos, me vi obligada a detenerme un momento en una fuente junto al camino. Cuando me agaché para beber, vi reflejado mi rostro por primera vez en muchos meses, y me alarmé al comprobar lo parecido que se había vuelto al de un difunto; en todo menos en la paz eterna, que hace a estos hermosos a pesar del sufrimiento y la edad. En esta posición, y preguntándome si Guy me reconocería con este aspecto —si es que alguna vez nos encontrábamos—, el sonido de unas ruedas me sobresaltó. Creyendo que venían del lugar que acababa de abandonar, corrí desesperadamente colina abajo, y al salir de una curva muy cerrada, antes de que pudiera detenerme, un carruaje pasó junto a mí ascendiendo con el tiro al trote. Un rostro se asomó a la ventanilla y una fuerte voz masculina gritó: «¡Alto cochero!», pero yo proseguí mi huida, esperando que el viajero me dejara ir sin perseguirme. No fue así, empero, pues no tardé en oír pasos apresurándose tras de mí, acercándose rápidamente; y de seguido, una mano me agarró, una voz sonó en mis oídos, y con un vano forcejeo por mi parte, quedé jadeando en poder de mi captor, temiendo levantar la vista y encontrarme con una mirada brutal. Pero la mano que me había asido me atrajo tiernamente, y la voz que tanto me alarmara exclamó con alegría:

—¡Sybil, soy yo, tu primo Guy! Mi pobre niña, cálmate: estás a salvo al fin.

Supe entonces que había ganado el refugio más seguro, y, demasiado débil para articular palabras, me aferré a él en una agonía de felicidad, que humedeció sus amables ojos con las lágrimas que yo era incapaz de derramar.

El carruaje regresó a por nosotros; Guy me introdujo en él, y durante un buen rato, sólo se preocupó de aliviar y sostener mi alma y mi cuerpo arruinados con el bálsamo de su presencia, mientras rodábamos hacia su casa por un mundo floreciente, cuya belleza nunca antes había sentido realmente. Cuando el primer tumulto de la emoción se hubo calmado, le conté la historia de mi cautiverio y de mi huida, rematándola con la apasionada súplica de no ser devuelta a la custodia de mi tío, pues en adelante y hasta el final de mis días, no podría existir el mínimo afecto ni respeto entre nosotros.

—No temas nada, Sybil; *madame* te está esperando en la casa de los páramos, y la nefasta tutela de mi padre terminó al tiempo que lo hicieron sus días.

Entonces, con el rostro apartado y la voz quebrada, Guy fue explicando los propósitos de su padre y los hechos que habían causado aquel encuentro inesperado. Estos, brevemente expuestos, fueron los siguientes: el conocimiento de que mi padre se había interpuesto entre él y una fortuna principesca emponzoñó pronto el corazón de mi tío, enfriando las ambiciosas esperanzas que abrigaba desde su infancia, y orientando su vida hacia una ávida búsqueda de placeres en los que ahogar sus vanos remordimientos. Mi padre, por su parte, intuía la existencia de este secreto, y el pacto familiar se concertó como una especie de reparación de la involuntaria ofensa. Eso pareció aplacar la resentida naturaleza de mi tío, y conforme fueron pasando los años se dedicó a vivir con mayor disipación, con la seguridad de que abundantes medios estarían a su disposición a través de su hijo. Lujurioso, autoindulgente, amante de todas las emociones e imprudente a la hora de buscarlas, vivió sin pensar en el mañana, hasta pocos meses antes de su regreso del extranjero. Un alegre y desenfrenado invierno en París lo colocó en uno de esos aprietos de los que las mujeres sabemos tan poco; los acreedores eran implacables, los amigos del verano lo abandonaron, las deudas de juego lo agobiaban, y su hijo se lo reprochó; sólo un cartucho quedaba sin quemar: un rápido matrimonio de Guy con la medio olvidada heredera. El niño había sido educado para considerar este destino como un hecho fijo, y se sometió a él creyendo que la hora del enlace se hallaba muy lejana; pero la «orden de comparecencia» llegó de súbito, y el joven se rebeló contra ello, prefiriendo la libertad de amar a quien quisiera. Mi tío apaciguó a sus acreedores prometiéndoles que cobrarían a costa mía, y regresó a toda prisa a su casa para precipitar el matrimonio pactado, que ahora resultaba inaplazable. Fui llevada a mi futuro hogar reclamada por mi tío, querida por mi primo, y, de no ser por mi propia estupidez, podría haber sido una mujer feliz desde esa mañana de mayo, en la que escuché aquella revelación del pasado. Mi madre había caído en un estado de mórbida melancolía, desde que oyese el infeliz rumor sobre la muerte de mi padre; este trastorno me había sido ocultado totalmente, no fuera que el conocimiento del mismo hiciera presa en mi naturaleza excitable y provocase un desarreglo similar.

Yo, que siempre la creí muerta, la había visto, sabía dónde se encontraba su tumba solitaria y aún llevaba en mi seno la advertencia que me enviara, inspirada por el instinto infalible de un corazón de madre.

Al testamento redactado por mi padre se le añadió una cláusula —justo debajo de la que confirmaba mis esponsales—, según la cual, si resultase yo heredera de la demencia que trastornó a mi madre, la fortuna recaería íntegramente sobre mi primo, siendo yo misma un triste legado para ser apreciado por él, tanto si era su esposa como si no. Este pasaje, y aquél relacionado con mi libertad de elección, habían sido astutamente omitidos en la copia que me fue mostrada la aciaga noche en que mi aparente rechazo de Guy indujo a mi tío a creer que yo lo amaba a él; así, hizo este un último intento de asegurarse el premio —mi fortuna—, ofreciéndose como mi esposo, y como también esto falló, elaboró un plan que convirtió mi pequeña comedia en la trágica experiencia que he referido.

La exclamación del doctor Karnac, preguntándose si me habría vuelto loca, hizo que el recuerdo de la cláusula respecto a mi insania acudiese oportunamente a la mente de mi tío; una mente tan rápida a la hora de concebir maldades como implacable a la hora de ejecutarlas. Yo, de forma inconsciente, inspiré su estratagema, y en el doctor Karnac halló mi tío un aliado sin escrúpulos, pues su amor por el dinero era tan fuerte como la pasión por su ciencia heterodoxa; ambos se vieron ampliamente gratificados, y yo, pobre víctima inocente, fui entregada al alienista como conejillo de Indias para sus experimentos, hasta que por medios sutiles fuese arrastrada a la locura, lo que daría el control total a mi tío sobre mi fortuna y mi destino. Cómo prosperó la siniestra trama ya lo he narrado; mas la justicia divina alcanzó debidamente a los dos malvados, pues con la repentina muerte que dejó sus cenizas entre las ruinas ennegrecidas de aquella casa de los horrores, el doctor Karnac pagó sus culpas, habiendo sido precedido por mi tío en su viaje al otro mundo. Pues he aquí que, antes de que pudiera efectuarse el cambio de herederos, mi madre falleció, y las pocas horas que pasó mi tío en aquel lugar insalubre bastaron para que el sutil veneno del pantano se introdujese en su sangre; la mella que sus años de disipación y libertinaje habían hecho en su organismo le dejó escaso vigor para soportar la intensa fiebre, y una semana de sufrimiento puso fin a una vida de generosos impulsos pervertidos, bellas dotes desperdiciadas y oportunidades perdidas para siempre. Cuando sintió la muerte aproximarse a su lecho, hizo llamar a su hijo —quien, a través de la dura disciplina de la pobreza y el trabajo honesto, se estaba convirtiendo en un hombre más cabal— y le confesó todo, implorándole que me salvase antes de que fuera demasiado tarde. Así lo hizo él, y cuando toda la verdad fue expuesta, cuando nos contemplamos mutuamente a la luz de la triste y angustiosa experiencia vivida —Guy pobre de nuevo, yo libre al fin, con el antiguo vínculo vigente aún, y desaparecida ya la barrera de la incomprensión—, resultó fácil divisar nuestro camino; fácil comprender, perdonar, olvidar y reanudar una existencia entenebrecida temporalmente por negros nubarrones.

Fui calurosamente recibida en mi hogar por *madame*, amigos y conocidos. Guy y yo nos casamos, y he sido inmensamente feliz desde entonces. Sin embargo, a lo largo de todos estos años, apacibles y prósperos como han sido, he visto alargarse sobre mí la sombra del pasado; aún se me aparece la imagen de mi madre muerta; y todavía resuena en mi cabeza el eco de aquel espectral susurro en la oscuridad.

Libros Mablaz

Narrativa — Relatos

/www.librosmablaz.com/